空を結ぶ
駒木結衣

はじめに

このエッセイ本のお話をいただいてから、ずいぶんと時間が経ちました。

当初は、驚きと、うれしさと、恐れ多い気持ちと……いただいたお話を素直に受け止められず、人生経験の浅い私に自身のことを書けるだけの内容があるのだろうか、そもそも求められているのだろうかと消極的な気持ちばかりが膨らみました。

ウェザーニュースキャスターとして丸4年が経ち、5年目を歩み始める節目に、新たに挑戦できることもありがたいご縁です。せっかくこのような機会をいただけたので、一歩を踏み出してみようと、今筆を取っています。

気持ちが晴れやかだと青空はより青く、美しい夕日に感動し、雨の日すら雨音が心地よく聞こえます。逆に胸が締め付けられるほど苦しいとき、曇り空は冷たい風とともに突き刺さり、どんなに素晴らしい景色を見ても心が揺さぶられません。感情の波がどっと押し寄せ、涙が込み上げてくる日は特に寂しく見えます。見上げる空は、心がどんな状態なのかを映し出してくれる鏡のように感じます。

空を見て、自然に触れて、「きれいだな」と思えるそのときの自分や感性を大切にしたいですし、そういう瞬間をたくさん重ねていけるよう、ささやかな幸せを長くゆっくりと感じていける人でありたいです。

社会人としてまだまだ未熟な私ですが、過去と現在、そして未来へ向かう自分の素直な気持ちを綴らせていただきます。この本をお手に取ってくださる全ての皆さまへ、明日への一歩となる優しい元気につながれば幸いです。

目次

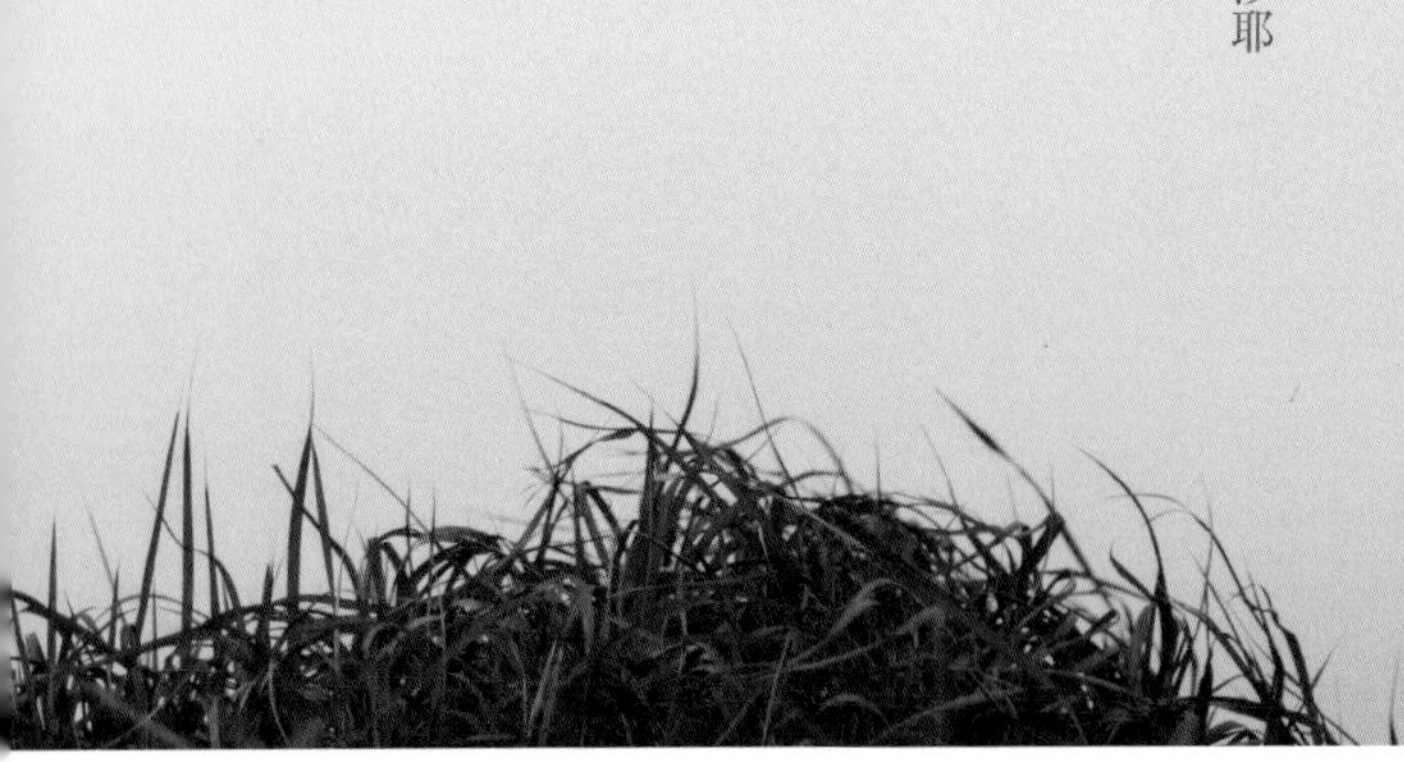

においで感じる季節の移り変わり

最近、喉を大事にするためにも鼻呼吸を意識している私ですが、小さい頃から人のにおいや季節のにおいには敏感です。記憶に散りばめられているにおいがふと香ると、そのときの思い出が柔らかく蘇ってきます。

草木の芽吹きを知らせてくれる生暖かい風の吹く春は、私はなんだか切ない気持ちになります。父の転勤で、幼稚園、小学校、中学校を全て違う地域で過ごしたせいか、節目の桜をゆっくりと味わった思い出は薄く、そのときの寂しさが残っているのでしょうか。卒業式シーズン、宮城の桜の蕾《つぼみ》はまだ硬く、入学式の頃にようやく咲きます。別れと出会いの季節は、寂しさや不安、期待感といったいろいろな感情を胸に抱えますよね。次第に満開になる桜は、そんな心を優しく包み込んでくれて、明日へと繋いでくれる気がします。

ツツジが満開になり、やがて紫陽花の季節へ。天気に関わるお仕事をするようになってからは、ふと植物にも目がいき、愛《め》で癒される時間が増えました。草木の成長や移り変わり、虫たちの動きから、季節の進みを実感します。幼少期は虫取り網を片手にトンボを追いかけたりカブトムシを飼ったりダンゴムシもツンツンして丸くしてみたりと、わんぱくでした。それなのに今の私は、セミの写真にすら怖がってしまうくらい虫が大の苦手に。夏にいただくセミリポートにもギャーギャー騒いでしまう自分が恥ずかしいです。あの頃の純粋な好奇心を呼び起こせば、大人になってからの虫嫌いも克服できるのでしょうか。道のりは遠そうですね……(笑)。

梅雨入りも梅雨明けも私たちの生活に密接した大事な情報ですが、雨の期間が例年以上に長いと、より梅雨明けが待ち遠しく感じます。モワッとした空気とモクモクとした入道雲。溶けそうなくらい暑いけれど、晴れているのならとにかくうれしい！「今年の夏は何をしようか！」とワクワクしながら青空を見上げ、向日葵の黄色が眩しく、麦わら帽子を被って出かけたくなります。そういえば去年、白い麦わら帽を購入したのに大切にしすぎて出番が来ず、今年もクローゼットで眠っていました。いつかいつかと思っていると、季節はあっという間に過ぎていきますね。来年こそは被りたいな。

夏はプールのにおいが一番好きです。通っていたスイミングスクールでは、昇級時にもらえるワッペンが増えるのがうれしくて、キャップに縫い付けてもらいました。ゴムキャップは今でも宝物です。実は、選手育成コースまで到達したんですよね。平泳ぎが一番好きで、父と妹と市民プールに行った帰りに食べたふにゃっとしたコーンのバババヘラアイスが楽しみでした。

フジファブリックさんの『若者のすべて』は、夏の終わりに聴きたくなるお気に入りの曲。「真夏のピークが去った〜♪」とお天気キャスターとして伝える仕事をしているなんて、高校時代の私は想像もできませんでした。不思議なものですね。

秋が好き

いつの間にか街の紅葉も美しく色づき、秋を実感します。幼少期は、落ち葉やどんぐりを拾い、スケッチブックに貼ったり動物の顔を作ったりと、さまざまな秋の色を楽しみました。「天高く馬肥ゆる秋」なんて言いますが、秋は空高く晴れて澄み渡り、本当に過ごしやすい季節ですよね。私の一番好きな季節です。こんなお天気がずっと続けばいいのになぁ、と言いながら歩き回ると食欲も増し、おいしい食べ物もあふれているので幸福度がさらに上がります。心地良い空気に包まれ、金木犀の甘い香りに癒される時間もいいですね。秋は、薄雲が広がる朝焼けと柔らかな夕焼けの時間が一番好きです。

冬の朝、灰色の空と白い吐息。深呼吸をすると鼻の奥がツンと痛くなります。冷たい空気に背筋が伸びて、なんだか受験生の頃を思い出します。雪の降る寒い日には、こたつに入ってぬくぬく過ごしたいですね。私は東北出身でありながら、寒いのが苦手です。末端冷え性なので、常にカイロが欠かせません……。子供の頃は、雪の積もった朝はうれしくていつもより早く登校し、真っ白な校庭で雪合戦。家の庭では雪と泥んこでご飯とお味噌汁を作り、ポストは電子レンジに見立て、妹と雪のおままごとで遊んでいたなぁ。小さなかまくらの中でおやつを食べたり、雪だるまを並べたり、手も鼻先も赤くなるまで遊びました。そのせいか、小さな雪だるまリポートや、ワンちゃんが雪の中を走り回っているリポートをいただくとほっこりして、楽しかった思い出と重なり、とてもうれしくなってしまいます。

季節の移り変わりの中でふと思い出されるさまざまな経験。月日の流れは歳を重ねるごとに速度が増し、幼い頃はあんなに長く感じた1年が今はあっという間です。環境も目まぐるしく変化しますが、四季を味わえると心も豊かになりますよね。今この瞬間も大切に過ごしていきたいものです。

cuisine
cook book
VARIETY
ONTARIO
33 VACATION AREAS
1966 AND
LAMINATING
ATLAS
ROUTIER
FRANCE
PRESENTE PAR
TOTAL
SAN FRANCISCO
ROAD
X-RAY

話す楽しさ

小さい頃、テレビの前で天気予報コーナーのマネをしてニコニコ話していたようです。私がこの仕事をするようになってから、父が教えてくれました。

声を届けることの楽しさを感じたのは、小学校の放送委員会の活動だった気がします。朝や給食の時間、下校時間の放送では、自分の声が誰かに届いているという緊張感とワクワクがありました。ヒンヤリとした放送室で食べる給食もおいしかったなぁ。

大学では、映像番組やラジオDJなどを制作する放送研究会に所属し、3年になって渉外長という役職に就いてからは、他大学の作品を観に行くことも多くなりました。製作に対する熱い想いや、掲げた目標に一丸となって向かう勢い。同じ志を持つ仲間との出会いやご縁は私の宝物です。

話し上手で本当に魅力的な人たちに囲まれていましたが、私は「自分のこと」を話すのはどうも苦手でした。自己アピールは下手なほうで、自己開示もなかなかできません。昔は、周りからの評価を気にしすぎて言葉をためらったり、無理して人に合わせて精神的に疲れてしまったりすることも多々ありました。

就職活動で自己分析をしますよね。そこで初めて、自分の本音と向き合いました。自分の気持ちを書き出すと、心がスッキリ整理され、自分では気づかなかった自分に出会えたような気がします。大人になるにつれて、周りの目はあまり意識しないようになり、感情と行動のコントロールも上手くなってきました。今も、自分の考えを書き出し、目標や夢を記すことは大切にしています。フリートークをたくさんさせてもらえるお仕事なので、これからも、ゆっくりと、自分のペースで飾らずに話せたらいいな、と思います。

泣き虫

大学時代はスケジュール帳に予定をびっしりと入れて、土日も動きまわるタイプでしたが、社会人になるとひとりの時間を大切にするようになりました。大学4年生の秋にデビューしたので、キャスターとして最初の半年間は学業との両立で心が休まる日はほぼありませんでした。予定を作らずにひとりのんびりする時間が心の休息だったな。

翌年大学を卒業し、やっとお仕事一本で過ごせる生活になりましたが、心がとても不安定な時期が長く、グッと堪えて踏ん張る日々も多かったです。そんなときには、何度も上司の言葉に救われました。

「心配事がたくさんあるかもしれないけれど、私にはなんでも話してくださいね。ひとりで抱える必要はないから。まずはゆっくり寝てください」

温かく優しさあふれる長文のメッセージをいただいたときには涙があふれました。

面談で上司の前で泣いてしまったこともありました。私は結構泣き虫です。情緒不安定な私を力強く導き、気にかけてご配慮いただいたことで、ずいぶんと救われてきました。本当にありがとうございます。大変感謝しております。今後も恩返しできるよう、一つひとつのお仕事に真摯に向き合っていきたいと思います。

OfficeMax® No.2

言葉選びは難しい

「雨が降りそうです。傘をお持ちください」と言われても降らないこともありますよね。予報に絶対と言い切れるものはありません。予報センターで作られた予報を、どのように伝えるべきか言葉の言い回しは常に考えます。たとえば、「傘を〝忘れずに〟お持ちください」なのか、「折りたたみ傘があると〝安心です〟」なのか。わずかな降水確率をお伝えするときは「雨具がお守りとなりそうです」など。基本的に番組で使う原稿は自分で作成しますが、雨の表現など不安な箇所が少しでもあれば、予報センターの方に教えてもらいます。また、予報と実況がずれてきたときなどは、番組進行中にも原稿を書き換えたりします。予報センターと隣り合わせのスタジオなので、そういった時中の変化もしっかり届けられることはウェザーニュースLiVEの大きな強みなのではないかと思います。

ウェザーニュースLiVEでは、放送画面のテロップ色が青、黄色、赤と3段階の信号のようになっており、気象状況に応じて、注意・警戒レベルを引き上げてお伝えしています。地震や台風、大雨など、生活や人命に関わる情報を伝える際は緊張感がいつも以上に高まります。

的確に情報が伝わるように声のトーンを少し下げようか。適切な避難行動につなげてもらうためにはどのような言葉の使い方が良いか。どんな表情だと緊迫感や安心感を届けられるか。被害が出てしまった地域の方々に届けるべき言葉は何か。「臨機応変に」と心がけているものの、やはり未だに難しいです。

また、該当地域以外の視聴者の方々にも自分ごととして捉えていただくにはどんな声がけをすれば良いかということも、いつも考えます。表情や言葉ひとつとっても、受け手によってさまざま。心温まることもあれば逆に傷つくこともありますよね。情報を正確に伝えるだけではなく、いざというときはそっと寄り添える、そんな伝え手でありたい。見てくださる方が穏やかな気持ちになるように、選ぶ言葉をこれからも大切にしていきたいです。

涙のあとには大きな虹を

「番組を観て、より天気に興味を持ちました」「空を見上げることが多くなりました」――そんなお声をいただけることが、何よりもうれしいです。実は私もそのひとりで、キャスターになってから空や季節の移ろい、自分の心の変化にも敏感になりました。

　日々感じていることは、そのときの自分の気持ちや感情に左右されず、どんな日でも番組に出るためのテンションに持っていくことの難しさです。過去の自分の番組を見ると、結構目が笑っていないこともありました。表情だけで笑おうとすると、チクリとコメントをいただきます。

　以前、「怒っているの?」「不機嫌そう」というコメントが届いたことがありました。そんな人が進行をしている情報番組を自分だったら観たくないなとハッとさせられたことを覚えています。朝の番組を担当するようになってから、朝にどんな表情を見たいか、声のトーンを聞きたいかと考えるようになり、客観的に自分を見るようになりました。より明るいテンションで番組を進行しようという意識が強くなった気がします。


　それでも、たまに調子が悪い日もあります。3時間乗り切るために余力を残しながら進行しますが、デビューから1~2年くらいのときは、うまくバランスが取れませんでした。体力不足で後半ほどいい加減になってしまった自分が悔しくて、見てくださる方への申し訳なさ、自己嫌悪でいっぱいになり、番組が終わってすぐ化粧室に駆け込んで涙があふれていました。社会人として会社で泣くなんて……(汗)。どうしても堪えられなかったのです。ただ、案外それで落ち着きを取り戻し、自分がリセットされて、バネになっていったのかなぁ、なんて思います。涙には、ストレスホルモンとやらを体外に排出するデトックス効果があるみたいですよ。確かに泣くことで気持ちが楽になり、ストレスが解消される気がします。

　朝の番組の前日、なかなか眠りにつけなくて、ようやく眠くなった頃に出社時間を迎えます。睡眠時間をコントロールできない自分がいやになり、そんなことを繰り返していると、気持ちが沈んでいきます。心身の不調が出始めて行き場のない気持ちが涙になってこぼれ落ちる。でも泣くとスッキリして、またがんばれます。もう会社で泣くことはなくなりましたが(笑)、心が沈んで家で泣きたくなったら泣くし、映画で感動したら泣く。晴れの日があれば雨の日もあります。気分が良く絶好調な日があれば、モヤモヤと心に元気のない日もある。人間だもの、みんなそうですよね。涙のあとは心に大きな虹をかけて、前を向いていきたいものです。

フリートーク

デビューから間もない頃、フリートークが本当に苦手でした。自分が担当する番組でさえ緊張し、頭が真っ白になることだってあるのに、フリートークって何を話せばいいの？　と悩んでばかり。視聴者さんは番組を楽しめているかな……今日のトークは全然面白くなかっただろうな、と反省や後悔が多く、それが日に日に負担になりつつありました。

そんなときにあるスタッフさんから、「そこまで気を張らずに、プライベートで会話をするように日常の些細《ささい》なことを自然体で話してみたら？」と、優しく声をかけていただきました。（なるほど、私は固くなりすぎていたのかもしれない……！）

ヒントとなるアドバイスをいただいてからは、気持ちがスッと軽くなり、がんばるネタ探しではなく、そのときの印象や素直な感想を話せるようになったような気がします。

シフト制で担当番組が変わる私たちキャスターは、時間が重ならないので、空いた時間でおしゃべりなどもなかなかできません。番組の前後ですれ違うときも、挨拶を交わすだけ……。「ならばクロストークで！」と、番組を引き継ぐクロストークは楽しみな時間です。

気象はもちろん、四季の移り変わりから旅行の話、スイーツや旬の食べ物、最近の服装事情まで、気がつけばありとあらゆる話題がそこにあり、番組内ということを忘れて思い出話まで深掘りすることもあったり。クロストークは、3時間の生放送を終えるまえの最後のコーナーなので、次のキャスターさんの顔を見ると、ホッと安心感に包まれます。私も笑顔でバトンタッチし、視聴者の皆さまにまた観たいと思っていただけるようにと、これからも心がけていきたいです。

モーニングルーティーン

一番早い番組、「モーニング」を担当する日は、午前1時の起床から始まります。眠たい目をこすりながら起きて朝の支度をしますが、会社に着くまで頭はぼんやりしていて。

2時に出社し、ヘアメイク、衣装に着替えるとようやく顔がシャキッとしてきます。1日の始まりを担当するので、しっかりと全国の天気を頭に入れ、どのような言葉で伝えるべきか、予報センターでのブリーフィング（打ち合わせ）やスタッフさんとの構成確認の段階で考えていきます。予報センターは、24時間365日眠りません。日々、予報士の皆さんが一生懸命作る天気予報を正確に届けるのが、私たち伝え手の役目。速報が入ったり予報が変わったりと情報は常に更新されていくので、しっかりと連携をとり、最新のものにアップデートしながら伝えます。

3時間の生放送を終えると力を使い果たしたかのようにグッタリですが、そんな中で活力になるのは、SNSでいただくコメントやメッセージです。温かい言葉に、本当に励まされるんです。皆さんにどれほど支えていただいてきたことか。自分が届けた言葉も、誰かの生活に役立ったり、背中をそっと押せたりしていればいいいな。

　お天気が良い日はなるべく歩く時間を長く取り、太陽を浴びて帰宅します。今日の朝ご飯は何を食べようかなと考える時間からもう幸せですね。大体は、ご飯にお味噌汁、目玉焼きにウインナー、納豆。シンプルですが、やっぱりこういう朝ご飯が一番落ち着きます。気分によっては朝マックをしたり、カフェでゆったりモーニングセットをいただいたり、朝ラーメンという日も。朝といっても夜勤明けなので、体に染み渡るんです。

　仕事柄、どうしても不規則な生活リズムなので、「食生活も健康に気をつけないと！」と一応意識はしているのですが。ただ、やっぱり食べたいものを食べて元気を出して、自炊で少し補う、くらいのバランスが私にはちょうど良いのかもしれません（笑）。

　そしてまた翌日に「モーニング」を担当する日は、夕方には寝る準備を整えたいのですが、そんな理想の生活リズムには程遠くて……（汗）。疲れ切った日にはすぐにまぶたが閉じますが、まったり休日を過ごした日には、なかなか寝付けません。ホットアイマスクや肩首マッサージ機などでリラックスさせながら、Aから始まる単語……Bから始まる単語……と順番に頭で唱えます（スタッフさんに教えてもらった、寝付ける方法です）。A……アポー（Apple）でスヤァっと入眠できれば最高ですね（笑）。

ウェザーニュースキャスターのお仕事①

キャスターとしての武器はツボにハマりやすいこと!?

ウェザーニュースのキャスターを担当して5年目になりますが、キャスターとしての自分を振り返ると、いわゆる元気で明るいタイプではなかったような気がします。ただそのぶん、観てくださる方がどんな気分のときも、そっと寄り添える存在でありたいと思ってきました。それもあってか、「放送を落ち着いて聞いていられる」といった声もたくさんいただけるようになったのは、ありがたいですね。

一方で、番組中に何かがツボにハマって、笑いが止まらなくなってしまうようなところが私の特徴、長所だと言っていただくこともあります（苦笑）。

でも、ツボにハマってしまうのは、「ちゃんとやらなきゃ」という思いが強いからでもあるんですよね。「笑っちゃいけない」と思えば思うほど、おかしくなってくる……。特にデビューした頃はそういった緊張がありました。最近は適度に肩の力も抜けてきたので、ツボにハマることも少なくなってきたと思います。

だから、改めて過去のツボにハマった事件を振り返ると、「なんでこんなことで笑いが止まらなくなったんだろう？」と、不思議な気持ちになりますね。きっと、視聴者の方々のコメントのパワーなんじゃないかな。

本当に面白おかしいコメントがたくさんくるんですよ。それに、リポーターさんは皆さんお名前も凝っていて。例えば、私たちが「さん」づけするのをうまく利用して、「おじ」という名前にしたり。そうすると、「北海道札幌市の『おじさん』からです」と読むことになっていう（笑）。

あと、私には妄想癖もあって、勝手に想像が広がって、ひとりでおかしくなってきてしまうこともあるんですよね。「服装 タンクトップに肩パッド」さんというリポーター名の方がいて、タンクトップの上に肩パッドをつけて外を歩いている人を想像したら、ツボにハマってしまったこともありました（笑）。たまにひとりで妄想を走らせて、観ている方を置いていってしまうこともあるので、気をつけなきゃいけないんですけど……。

でも、ネット配信で生放送するという番組の性質上、もっと厳しい意見やコメントがあってもおかしくないと思うのですが、楽しく、温かいコメントばかりで、本当に恵まれているなと日々感じています。

ただ、優しい世界についつい甘えてしまう自分もいるので、しっかり客観性を持って、初めて観てくれた方にも観やすい放送になるように心がけています。アプリの使い方やリポートの送り方も、毎回いちから伝えることで、新しくアプリを使ってくださる方が「ソラトモさん（ウェザーリポーターのコミュニティ）」となり、温かいつながりの輪がもっと広がっていくんじゃないかと思うんです。

少しでも伝わるように意識していること

キャスターとして情報を伝える際には、日常で起こった体験を交えるということも心がけています。落葉のシーズンだったら、道に落ち葉がたくさんあるのはきれいだけれど、雨の日は滑りやすいので気をつけてもらいたい。そんなとき、「私もこの前、濡れた落ち葉で転んでしまったんですよね」といった体験も話すんです。そうすると、ただ「気をつけてください」と言うよりも、具体的で身近に感じてもらえるんじゃないかと思っています。

転んだときは「もう！　ついてないなぁ」ってマイナスな気分になるんですけど、番組の準備をしているときなどにこの経験が活かせるなと思いつくと、プラスに変わったような気分になるんですよね。

キャスターの仕事にやりがいみたいなものを感じられるのも、「少しでも伝わったかな」と思えたときなんです。

全国的に穏やかな天気のときは、素直に「今日の放送も楽しかったな」と思えるのですが、大雨で災害が発生しそうなときなどは番組にも緊張感があり、「あれも言えた、これも言えた」と、適切な言葉が出なくて反省することが多くて。でも、同時に「できるだけ伝わるようにがんばった」と思えたりもする。少しでも誰かに伝わり、役に立てたかもしれないと思えることが、やりがいにつながっている気がします。

それでも、やっぱり災害に関わる情報を伝えるのは難しいですね。災害時に避難所で過ごすような方も大勢いる一方で、その他の地域の方々には当たり前の日常があるわけで。災害の情報を伝えながら、日常を過ごしている人のためにも情報を伝えるには、どんな言葉を選び、どんな雰囲気を作ればいいのか。そのバランスについては、自分でもまだ答えが出ていません。

また、被災している方々の中にも、深刻な情報に疲れていて、なんでもないフラットな情報に触れることで、ちょっと心が落ち着いたりする人もいる。そういう心安らぐ時間も届けられたらいいなって思います。

単純に伝える喜びを感じられるのは、自分が発した言葉にリアクションをいただけるときですね。番組後の「元気が出たよ」「がんばろうと思えた」といった反応も本当にうれしくて。ウェザーニュースLiVEという番組は、すごく自分に合っているんだろうなと思います。

駒木

筆に込めた想い

幼少期の習い事は、美術アトリエ、新体操、ピアノ、書道、そろばん、英会話、水泳、とさまざまです。母は、少しずつさまざまな世界を見せてくれて、私の興味を広げてくれました。幅広いことに関心を持てるのはそのおかげでしょう。すべてが私の土台となり、役立つ場面が多々あります。

書道は、幼稚園の頃に習い始めました。手を真っ黒にしながら、のびのび筆を動かし、字の形、とめ・はね・はらいなど基礎を学びます。小学校時代は、やめたくなる時期が何度もあり、「お腹痛い……」と度々仮病も（笑）。母も先生も察しながら、なんとか工夫して楽しく続けさせてくれた気がします。

「継続していれば、いつか自分の支えになるから」と、母は私がどんなに休んでも続けさせてくれました。その言葉の意味がわかるようになったのは、高校生の頃。昇段の難しさ、挫折《ざせつ》、免状取得の厳しさに直面しながらも、手放さなかった時間が自信となり、書道が自分の特技と言えるようになりました。まさに「継続は力なり」です。筆を持つときは、ほかのことを何も考えずただその時間・空間に集中し、表現する難しさと楽しさを感じます。

上京してからは大学で書道部に入り、学祭で書道パフォーマンスを披露しました。他大学の書道部にも参加し、そこでは袴姿でダンスをしながら筆を持ちました。皆の熱と大きな筆が命を吹き込むかのように墨のコントラストを織り成し、ひとつの作品が仕上がります。練習期間も含めて本当に良い思い出です。楽しかったなぁ。

ある情報誌さんに、ウェザーニューズキャスターのインタビュー連載をしていただくことになり、ありがたいことにそのタイトル「夕虹は晴れ！」を筆で書かせていただいたこともありました。

「夕虹は晴れ」は天気のことわざです。夕方に東の空に虹が出たならば、西には沈みゆく太陽がしっかりと見え、天気は西から東へと変化するので、翌日は晴れる前兆だという意味です。夕日を背に、空に大きな虹がかかった情景、とてもきれいな空が思い浮かびますよね。

社会人になってからは筆を持つ手も止まったままだったので、どうなることかと不安でしたが、穏やかに広がる夕虹の絶景をイメージし力強く伸びやかに書くことができました。

皆さんの明日が晴れやかで良い1日でありますように。筆に込めた想いが伝わるといいな。

木

ヤァー！メーン！

第一印象、「運動神経大丈夫……？」と見えるであろう私が、中学時代に剣道部に所属していたなどと誰も想像しないでしょう。

入学と同時に誰ひとりとして友達のいない新たな環境に身を置き、中学生活がスタートしました。毎日が不安で孤独を感じながら過ごしていた頃、竹刀の音が響き渡る武道場に見えたのは、凛とした立ち姿が格好いい先輩方の姿。憧れと興味だけで剣道部に足を踏み入れ、部活で足りない練習を補うため夜も稽古に励む熱心なクラブにも身を置きました。

「ヤァー！」「メーン！」とお腹の底から声を出して気合いを入れ、真っ直ぐ竹刀を構えます。頭が割れるような面打ちから、小手、胴、切り返しに掛かり稽古、地稽古……。私は体力も気力も長続きせず、いつも疲れてヘトヘトでした。手首はアザだらけ、太ももは痺れ、冬場の足先は冷え切って感覚がなくなるのもしばしば。

息が上がり、相手に立ち向かっていく力もなくなり、面の中ではグルグルと消極的な思考が働きます。「もうダメだ、進めない……」と迷ったりあきらめようとすると、心の隙ができ、その隙は視線や声に表れて相手に瞬時に伝わってしまうのです。

張り詰めた緊張感の中、間合いを取りながら攻め込んでいくのですが、私はあまり自分から攻められるタイプではありませんでした。できなかった技を少しずつ試合で出せるようになっても、達成感を得たというよりは反省と課題の繰り返しでした。仲間が一本取られたら、自分が取り返すぞという意気込みはあるのに、あと一歩のところで負けてしまう。悔しくても、結果は全てにおいて稽古不足からくるもので、団体戦ではあまり先輩の手助けになる役目は果たせなかったように思います。

でも、そんな私に先輩方や後輩たちはいつも優しくて、励ましてくれ、前を向かせてくれました。試合前にもらった先輩からの手紙は、うれしくて勇気をもらえて、今でも大切にとってあります。

防具を外して爽快な解放感（汗のにおいはさておき……）を味わったあとは、おしゃべりをしながらお菓子を食べ、ふざける声や笑い声は道場の屋根を突き上げるほど大きく響き渡りました。

つらくて厳しくて辞めたい……と思いながらきつい稽古に耐え、地道に続けられたのは、優しい先輩方、仲間に支えられ、一緒に過ごす時間が楽しかったから。そして熱心にご指導くださった師範や諸先生方の細やかなご指導の賜物であり、心から感謝しております。

正座・黙想・礼。相手に敬意を表す武道の精神「礼に始まり礼に終わる」は、いつまでも大切にしたいことです。頭に巻く母校の手ぬぐいには、「切磋琢磨」の文字。汗と涙が染み込み、使い込んでヨレヨレに薄くなっても、たまに防具を開けて見ると私に元気をくれる思い出のものです（晴天の日を選び、母が陰干しして今でもお手入れをしてくれています）。

投げやりになりそうなとき、あきらめようとする自分自身がいやになるとき、剣道の教えや学びをちっとも思い出さないから、私はまったくの未熟者なんですね。ここ一番！と何かを踏ん張るとき、背筋をピンと伸ばして進んでいく剣道の精神を思い出し、どのような立場の人にも礼儀を尽くし、思いやりの心で接していける人でありたいと改めて思うのです。

笑顔になれないときは……

友人に、「仕事つらいなーって思ったりしないの？」と聞かれました。

確かに笑顔になれないときもあるし、なかなかやる気の出ない日、何をしてもうまくいかない日もあります。喉が痛い日、お腹が痛い日もあるけれど、毎日6番組を3時間ごとに回すシフト制なので、当日急に休むというのは極力避けなければなりません。ベッドから起き上がれないくらいの体調不良、発熱以外、力を振り絞って出社します。

自分でもびっくりしたのが、朝から頭痛で本番直前まで頭がボーッとしてしまった日のこと。熱もなくなんとか出社したのですが、驚くほど頭が働きませんでした。その日の天気をどうにか叩き込み、原稿を書いて、残りの時間は衣装室で休憩。「やっぱり無理をせず、休めば良かったかなぁ……」と弱気になりながら、時間は刻一刻と迫ってきました。

本番が始まる15分前にはマイクをつけ、前の番組のキャスターさんとのクロストークです。朗らかな笑顔でバトンタッチしてもらい、そこでまずは元気をチャージ。そしてお決まりの挨拶で番組がスタートすると、さっきまで弱々しかった自分が嘘のように不思議とみるみる力が湧いてきて。いざ生放送となると、3時間を乗り切るために自然と身体中にアドレナリンが行き渡るんだなと実感したのでした。

仕事に対するプライドと、その環境に身を置いてやり切らなければならない使命感が私を支えています。その日はご褒美に、テリヤキマックバーガーにフラペチーノを摂取。食欲はあったようです(笑)。本当は体がつらいのに100パーセント気力で乗り越えた時間は、帰宅してからはドッと緊張感が緩み、ダウンします。

一方で、精神面で落ち込んでいるときほど、仕事をすると立ち直れたり、気が紛れたりすることもあり、自分が働ける環境があるのは、本当にありがたいことだなと日々感じています。

つらいときの乗り越え方は人それぞれですが、私は大体、温泉とサウナ、たくさん泣く、おいしいものをお腹いっぱい食べる、のどれかです。あとはぐっすり眠る。これで意外と翌日にはケロッと立ち直ることができています。とにかく自分に限りなく優しくすること、これが一番ですね。皆さんは、どのようにしてリフレッシュしていますか？

がんばれ私

思い出すだけでも「うわぁぁぁぁ」と、恥ずかしくて隠れてしまいたい……そんな経験はたくさんあります。山ほどあるはずなのに、いざ文章に起こそうとするとなかなか思い出せないものですね。記憶の奥底に追いやって、蓋をしてしまったのでしょう。失敗は、反省し深刻に思い詰めますが、一晩寝るとケロッと忘れてしまうタイプです。

　買い物の最中、妹だと思ってテンション高く話しかけたら、まったくの他人で「あっ……すみません」パターンがよくあります。そそくさとその場から離れますが、せめて落ち着いたトーンで話しかければ良かったなぁ。

　家の中では、歌いながら食器を洗い、独り言を唱えながら洗濯物を干します。お店で商品を選ぶときなども、あれこれ口に出してしまうのです。近くを通りかかったほかのお客さんと目が合うと、ちょっと気まずいです。そこではじめて自分の口が動いていたことに気がつきます。ここ数年はマスク生活でうまくカモフラージュされてるんじゃないかな。

　タピオカ屋さんでタピオカドリンクを購入すると、太いストローをもらいますよね。スポッと得意げに刺したものの、それが逆で、尖っているほうが口に当たり、いててと言いながら飲んだことがあります。友達には笑われましたが、恥ずかしかったですね。

　友人たちからもらった、バースデーカードやお手紙を見返してみました。

「こまきはちょっと抜けている」
「しっかりしていて、しっかりズレてる」
「ゆいちゃん＝マイペース（by妹）」

　自分では気がつかないところでも、いろんな失敗を重ねているに違いありません。そしてこれからも恥をかく場面に数多く遭遇することでしょう。人生に失敗はつきものです。くよくよ落ち込んだり、もうおしまいだと思ったとしても、必ず明日はやってきます。笑い話にできる日がきっと来ます。めげずに生きていきましょう。がんばれ、未来の私。

\ 公園大好き！ /

\ おにぎりを作ったよ /

\ 妹と雪遊び♪ /

駒木結衣 History

幼少期から学生時代を中心に、駒木結衣の歩みを秘蔵写真とともに振り返ります。

写真提供：本人

\ 仲良し姉妹 /

\ お母さんと海へ /

\ よちよち歩き /

\ 赤ずきん？ /

\ お気に入りの帽子♪ /

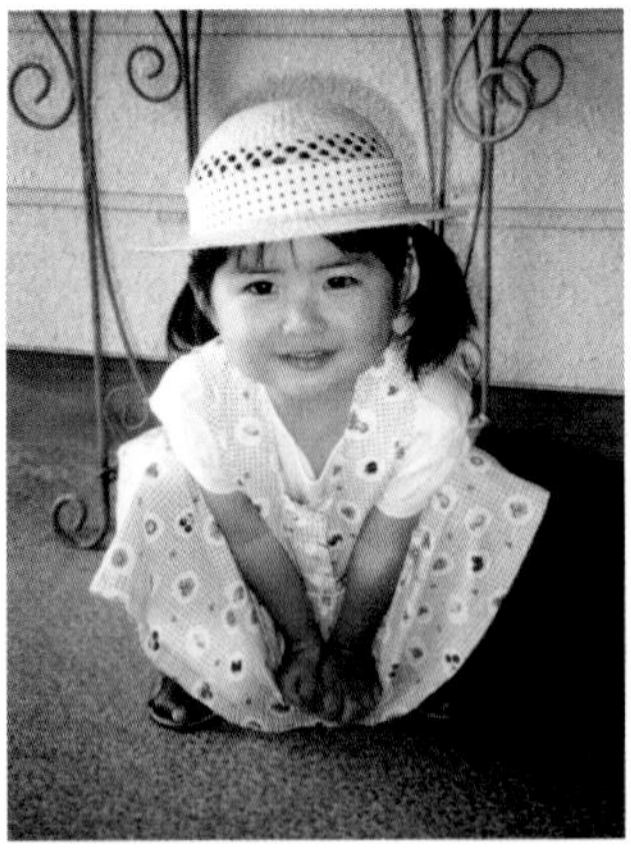

（左）クリスマスのお遊戯会でナレーターに挑戦
（中）『おジャ魔女どれみ』のはづきちゃんコス！
（右）幼稚園へ初登園

ピアノの発表会！

気がつくといつも机の下に……

目立ちたがり屋だった幼少期

出身は宮城なんですけど、幼稚園までを仙台で過ごして、小学校に上がるタイミングで沿岸部の町に引っ越しました。また中学校に上がるときに仙台に戻ったので、宮城の中で住む地域が移り変わっていて。

兄弟は、妹と弟がいます。大学時代にふたり暮らしをしていたことなど、妹のことは番組でもよく話していますが、弟のことはあまり話してないんですよ。まだ敏感な年頃なので、いやがられるんじゃないかと思って。私の勝手な心配なんですけど。でも、年が離れているだけにかわいくて、めちゃくちゃ溺愛してます（笑）。そういえばよく妹と、弟に粉ミルクをあげる係を奪い合ってましたね。

小さい頃は、母がとにかく褒めてくれるので、のびのび育ったような気がします。母に褒められるのがうれしくて、なんでもがんばっていました。

それもあってか、結構目立ちたがり屋でしたね。学芸会では、ミニーマウスの役をやったり、『オズの魔法使い』のドロシーの役をやったりしました。自分から「やりたい！」って手を挙げて。緊張しながらも、その場を楽しんでいた記憶があります。

今もですけど、どんなに緊張していても、本番になると思い切りが良くなるタイプなんですよね。ただ、小さい頃のほうが人の目を気にしていて、あがり症だったかもしれません。学芸会ではうまくいったんですけど、小学校の全校生徒が揃う朝会で作文を読んだときは、顔が真っ赤になり、緊張で声が震えて読めませんでした。自分からやりたいって言ったはずなのに（苦笑）。

習い事もいろいろとやらせてもらいましたね。時期はバラバラですが、新体操、書道、ピアノ、英会話、水泳、そろばんなど。忙しいときは、1日に3つの習い事をはしごするようなこともありました。当時はいやいややっていた部分もあったんですけど、大人になってみると、母の思いに感謝しかないですね。

そんな母はとにかくパワフルでお茶目な人で、家族を常に引っ張ってくれる存在でした。なんでも相談できるので、今でもよく連絡しているんです。逆に、高校〜大学ぐらいのほうが、母も家のことで忙しいだろうし、自分のことは自分でやろうと妙に気負って、あまり話さなかった気がします。

放送委員がアナウンサーの原点？

小学校の頃は、わりと真面目で主張の

小学校の遠足で、もぐもぐタイム

走るのが大好き。運動会ではアンカーでした

小学生の頃、生まれたばかりの弟と。
たくさんお世話したなぁ

強いキャラクターだったかもしれません。変にリーダーシップを発揮して、「ちょっと男子、掃除してよ！」みたいな（笑）。中学に入ると、途端におとなしくなるんですけど。

だからなのか、タイプを選ばずいろんな子と仲良くしていましたね。活発な女の子と外で遊ぶこともあれば、おとなしい子とおしゃべりすることもあって。当時から、特定のグループに所属するのがあまり得意ではなかったんです。

中には、今でも付き合いがあるくらい仲の良かった子もいます。中高で離れてしまったんですけど、ずっとお手紙やメールをくれていて、お互い大学で東京に出てきてからまたよく会うようになったんです。

彼女は今、地元でピアノの先生をやっていますが、たまに電話をすると、「今日の服良かったね」なんて番組の感想をくれるので、ありがたいなと思います。昔の自分を知っている存在なので、良く見せようとか思わないし、素の状態で話せるんです。

小学校の思い出といえば、鼓笛隊。小学校ごとに鼓笛隊があり、夏のお祭りで街を練り歩くんです。6年生から10人ぐらい、フラッグを振るフラッグガールが選ばれるんですけど、5年生の頃から希望者へのレッスンやオーディションがあって、私もフラッグガールになりたくて必死で参加していました。オーディションに受かってフラッグガールに入れたときは、本当にうれしかった。すごく楽しい思い出です。

あと、放送委員で委員長をやっていたんですけど、その経験はもしかしたら今のお仕事につながっているかもしれないですね。話すことが好きで放送委員に入ったので。

放送委員は主に朝、昼、下校時の放送を担当するのですが、初めて自分の声がマイクを通じて全校に響いたときの感覚は今でも覚えています。自分なりに、きれいな声を出すように意識してみたりもしていましたね。

運動会も楽しかったな。放送委員は、実況を担当するじゃないですか。「紅組さんがんばってください。白組さん追い上げています」みたいな。人前に出ると緊張するのに、マイクに声を乗せてしゃべるときは緊張もしなかったんです。

あと、小学生ぐらいだと初恋のエピソードなんかもあるんでしょうけど、私の場合、苦い思い出しかないんですよね。ちょっとカッコいいなと思っていた男の子にはなぜか嫌われていましたし、逆に私のことを好きでいてくれた子にはひどいことをしてしまって……。ラブレターを階段の上から投げてよこすように渡さ

中学生になりたての頃、
校外学習へ

やりたかったフラッグガール！

中学の剣道部では、一応部長でした

れて、「なんなのよ！」って、驚きと動揺と恥ずかしさで、その場で手紙をビリビリに破いてしまったんです。怖いですよね……きっと今でも恨まれてるんだろうな。さすがに悪いことをしたなと思います。

剣道に打ちこみつつ 悩み成長した中学時代

中学になるときに一度受験をしたのですが、一次に受かったものの、二次で抽選に落ちてしまい、仙台に戻って公立の中学校に入学しました。

中学というと、やはり2年生のときに東日本大震災があったので、どうしてもその印象が強いんですよね。もし、そのまま沿岸部に住んでいたら、家族全員どうなっていたかわかりません……。実際に小学校の友達も何人か亡くなったという話を聞いていて、ずっと震災前の記憶に蓋をしていたくらいで。

ただ、そういったことも時間が解決してくれるもので、今はこうして振り返れるくらい、だいぶ気持ちが解き放たれたような気がします。

もちろん、中学時代に打ち込んだこと、楽しかったこと、思春期らしい思い出もたくさんあります。

まずは、やっぱり剣道。中学では部活のほかに剣道クラブにも所属し、ビシバシ鍛えていただいて。ずっと剣道中心の毎日でした。

そのクラブでの出会いは大きかったですね。一番トップの先生、師範が私のことを気にかけてくださって。強くもないし、それほど熱心でもなかった私を、「技を覚える筋がいい」って褒めてくれたんです。その言葉があったから、しんどくてもやめずに続けられたと思います。

実際は、「やめたいやめたい」「しんどいしんどい」ってずっと思いながら続けていたんですけど……。それでもやめなかったから、学生時代は剣道の記憶が一番強いし、中学時代の剣道は、大人になった今でもがんばったと言い切れる。高校では自分の心に負けて途中で剣道をやめてしまったので。そういう意味でも中学で剣道に打ち込んだことは、自分にとって大きな経験、心の支えですね。

人間関係では、グループに属さず誰とでも仲良く、という姿勢がマイナスに捉えられてしまうこともありました。八方美人なところがあるんでしょうね、クラスの女の子に「駒木って、なんか男の子にいい顔するよね」って言われたり。自分ではそんなつもりないんですけど。

中でも最悪だったのが、中学2年のときの2泊3日の野外活動。ちょっとしたことから、クラスの女の子から仲間はずれにされちゃったんですよ……。夜、みんながどこかに行っているときも、私は

高校生の頃、書展にて賞をいただいた作品と

祖父母宅にて。祖母の作ってくれた浴衣を着て

部屋でひとりで。

　でも、そこで4～5人の女の子に声をかけて、思い切って自分の胸の内を明かしたんです。素直に自分の気持ちを話したら、その子たちと打ち解けることができて、状況が変わりました。それまでは、自分をわかってもらおうとしてこなかったんですよね。気持ちを言葉で伝えるって、大事なんだなと思いました。

　そんなふうにちょっと人間関係に疲れていた部分もありましたが、そこから離れてのびのびとやれていたのが、所属していた生徒会です。面白い人ばかりだったんですけど、みんな自分を持っていて、お互いに程良い距離感を保っている。そんな空気がすごく居心地良く感じて。

　個性が際立っていて目立っちゃうような人たちの中でも、特に印象的だったのはほぼ年中半袖短パンの副会長。昼休みになると制服から半袖短パンの体操着に着替えるんです、冬でも。

　我が道を突き進んでいて、彼にはいろいろ話せたな。私が話したことなんてすぐに忘れるだろうと思うと、気が楽だったというか、自分の世界が強い人とは、なぜか仲良くなれるんですよね。

燃え尽きて（？）ふらふらしていた

　高校は共学化された元女子校で、男女の比率が3対7ぐらいの、ほぼ女子校みたいなところでした。「自主自律」という校風で、髪型も服装も自由。でも、その分自分の責任でがんばるような人たちが集まっていて。みんな自立していて、楽しかったですね。私は縛られなくなったことで、勉強もしなくなっちゃったんですけど……（笑）。今思えば、高校入学がゴールになって、燃え尽きちゃったんでしょうね。

　自由すぎて、なんのために高校に行くのかわからなくなるようなこともありました。地下鉄からバスに乗り換えたものの、学校の前でなんとなく降りられなくて、そのまま通過してしまったことが何度かあったり。

　そんなときは、そのまま定《じょう》義《ぎ》山《さん》まで行って、「三角定義あぶらあげ」っていう油揚げを食べたりしていました。サンドウィッチマンさんもよくテレビで紹介されている名物です。それで、山の空気を吸ってから、しれっと学校に行くっていう。

　仲のいい友達はいたし、大きな悩みがあったわけでもない。ただ、目標や打ち込むものがなくなって、ちょっとふらふらしていたのかもしれません。

　あの頃は友達とファミレスやカフェ、ケーキの食べ放題なんかに行って、何をするでもなく暇を潰すようなこともよく

成人式当日。妹とパチリ

学校行事の「歌合戦」にて手作りの衣装を着て

親友と。今でも大好きな相棒ちゃん

ありました。あとは、回転寿司にもよく行きましたね。平日の午後は空いているので、ソファ席でまったりしながら、小腹が空いたらお皿を取るといった感じで、穴場だったんです。

　部活も剣道部をやめてから軽音部に所属したんですけど、途中入部のメンバーでバンドを組んでも、あまり弾けないし、大した練習もできなくて。文化祭でのステージも1曲だけ演奏して、あとはアカペラで乗り切ったっていう（苦笑）。結局、行事だけ参加する幽霊部員になってしまいました。ちなみに、担当はボーカルとギターです。

　でも、書道だけは続けていたんです。中学までは母の送り迎えでいやでも行かされていましたが、高校のときは自発的に行くようになって。段級も上がってきたので、せっかくなら師範を目指そうと前向きになったんですよね。ようやく書道が自分の特技といえるものになってきたから、手放さずにいられたのかもしれません。

　思い出というか、今でも同級生と笑いながら振り返るのは、先生たちのことですね。キャラクターの濃い先生がたくさんいたんですよ。現代文の熱血先生とか。筆圧が強すぎてチョークが折れまくったり、作者の意図を超えるような独自の熱い解釈で現代文を語ったり、とにかく熱かったな（笑）。体育祭ではみんな仮装をするんですけど、私たちのやりたい放題で、先生たちにもおめかししてもらったりしていましたね。

サークル、アルバイト 大学での多くの出会い

　高校卒業後は、東京の大学に進学したことで上京しました。西東京にある大学で、憧れていた都心とは違って、なんというか、緑豊かな街にありました（笑）。だからこそどこか安心感もあり、おかげでのびのびと学生生活を楽しめたんじゃないかと思います。

　初めてひとり暮らしをした家も、大学の近くでした。最初に買ったのが自転車で、入学式までの暇な時期に新宿まで自転車で行ってみたり。土地勘がなかったので、なんとなく行けるかなと思っちゃったんです。結局、3〜4時間かかったし、お尻も痛くなるし、「新宿までこんなにかかるなんて……」ってまたショックを受けて。だんだん景色が変わっていくのは楽しかったんですけどね。

　入学後は、選択したスペイン語のクラスが少数のゼミに分かれていたんですけど、そこで仲良くなった子たちと4人グループで行動するようになりました。家が近い子の家に自転車で行って夜更かししたり、それぞれの実家に遊びに行かせ

バンジージャンプ（64m）を背面から!!

放送研究会で、スキー場のDJに挑戦！

大学の学祭で、大きな筆を持って書道パフォーマンス

てもらったり、一緒に大学生っぽいことをやっていましたね。その3人とは今でも仲がいいんです。

でも、やっぱり家に帰るとホームシックになってしまうこともあって。最初の3～4か月は、2週に1回くらい仙台に帰っていました。

サークルにも所属しました。書道部と放送研究会。放送研究会はアナウンス研究会みたいなサークルで、輪になって発声練習や腹式呼吸をやっている雰囲気がいきいきとしていて、その輪に入りたいと思ったんです。

私は機材を扱ったりするよりも、声を使うことが好きで。ラジオドラマのセリフを担当したり、自分で曲や構成を考えながらパーソナリティーも務めるショートラジオを作ったりしていました。

そんなきっかけなので、最初はアナウンサーになりたいとは思ってなかったんです。でも、自分たちで映像作品やラジオドラマを作って、他大学の人に発表するような活動をしていたことから、メディアに興味を持つようになって。3年生のときには、メディアを中心に学ぶコースに進みました。

とはいえ、そんなに意識が高かったわけではなく、実際のところはサークルのメンバーとものを作ったり、大勢で遊んだりすることがただ楽しかっただけなんですよね（笑）。

大学生になってからは、アルバイトもするようになりました。中高で通っていた塾の先輩から誘われ、1年から4年まで、ずっと通信制の家庭教師をやっていたんです。

オフィスにいると、高校生から宿題などでわからない問題の写真が送られてくるので、解答をスキャンして送っていう。ほかにも、読書感想文を手伝ったり、テスト対策の問題集を作ったり。社長さんがいつもお菓子を買ってきてくれて、問い合わせが少なくなるとすぐお菓子パーティーが開かれるのもうれしかったな。

思い出を糧に　これからも一歩ずつ

大学時代の大きな経験といえば、旅行もありますね。アルバイトで貯めたお金は旅行に使っていました。タイやベトナム、ニューヨークなどに行きましたが、国内も北海道、沖縄、九州など、あちこち旅行しました。温泉好きになったのも大学生のときでしたね。北海道の段違いの寒さや季節の進み方、沖縄や京都の蒸し暑さなどを直に感じたことは、今のお仕事にもどこかで役立っている気がします。

それと、私は友人から「真面目そうだけど、結構抜けてるよね」とよく言われるのですが、旅行先でもその手の失敗を

成人式の前撮り

大学卒業時の記念に

放送研究会の引退発表会

することがちょこちょこあって。

一番は「カメ事件」。グアムでシュノーケリングをしていたときに、カメを見つけたんですよ。うれしくなって、「みんな、カメいるよ！」って友人たちを呼び寄せたら、カメじゃなくて人の頭だったっていう……。自分でも信じられないんですけど、そのときは本気でカメだと思ったんですよ（笑）。今でもみんなに笑われます。

あと、バナナボートのドーナツ版みたいなチューブに乗って、ボートに引っ張られるアクティビティをしたときは、「落ちないように気をつけて」って言われたのに、案の定、私だけ落ちちゃって。そうしたら、チューブにはい上がるときに、水着の紐がとれて片方脱げかかってしまったんですよ。それで私が「脱げてるかな？」って確認のつもりで言ったら、みんなは「脱いだの？」って、なんか私が自分で飛び込んで水着を脱いだ人みたいに言われて……（笑）。この話も未だにイジられるんですよ、水着を着るとすぐに脱ぎたくなるキャラみたいな。

でも、私にとってはものすごく恥ずかしいエピソードなのに、みんなが笑い飛ばしてくれるから、ポジティブな記憶として残っているんですよね。

大学での4年間は、本当にたくさんの出会いや経験に恵まれました。ただ、自分で自分のことを全然わかってなかったな、と思ったりもします。

就職活動を始めて自己分析することになり、そこでようやく自分と向き合ったんですよね。周りの人たちは「これが自分だ」というものを持っていたと思うんですけど、私はそこまで意識してこなかったというか、遅かった。だから、就職活動を通じて、やっと自分を大事にできるようになってきた部分もあるんです。

それまでは、スケジュールをパンパンにつめていて、土日も暇がないくらい予定で埋められると、「忙しい状態＝充実」みたいに考えて満足していたんです。逆に土日が空いていると焦るくらいで。でも、本当はそれに疲れてたんですよね。リラックスの時間も自分にとっては必要なのに、それがわかっていなかった。

今は休みの日に極力予定を入れたくないと思うくらい、変わりましたね。空白の休日があれば、何もしなくてもいいし、何か思い立ったことをすぐにやることもできる。そんなふうに思えるようになりました。

社会人になっても、人よりちょっとペースが遅いところは変わりませんが、これからもゆっくり少しずつ、成長していけるといいなと思っています。

ありのままの自分で

デビューから丸4年が経ちました。最初の頃は、自分の個性がないことにとても悩みました。「私と言ったらこれ！」というものが浮かばないのです。時間を忘れるほど没頭してしまう好きなことや、熱中している趣味もありません。

年に一度、会社で面談をしてもらいます。そのときにプロデューサーの村田さんにいただく言葉に、いつも励まされ、救われます。「これと言って深く知っていることがなくても、広く浅く、いろんなことを知ってみたらどうかな？」とおっしゃっていただきました。そういえば私は好奇心旺盛なほうで、さまざまなことに興味を持てるタイプです。ゆっくりと、時間がかかるかもしれないけれど、興味の幅を広げていこう。熱しやすく冷めやすくても、一つひとつの経験を自分のものにして、たくさんの引き出しを作っていこう、と前向きに思えました。

いまいちつかみどころがないなぁ、ふんわりしているなぁ、と思われるのが怖くて仕方なかった私ですが、これが自分。ありのまま、平凡で、なんでもない自分を出していこうと今は思っています。その中で、共感できるな、親近感が湧くな、と身近な存在に感じていただければとてもうれしいです。

ハプニング

番組進行中は、視聴者さんからいただくたくさんのリポートや、優しいコメントに支えられております。言葉を噛んだり、言い間違い、見間違いなど、恥ずかしいことも多々あります。面白いコメントに、進行ができなくなるくらい笑いが止まらなくなったり、そのうちにお腹が痛くなり、涙まで出てきてしまう……。そう、私は笑いのツボにハマると抜け出せないタイプで、本当は隠れてしまいたい気持ちを立て直し、表情筋を落ち着かせるのに必死です。これまで何度、ツボにハマってきたことか。

視聴者さんのチャットコメント「ええんやで〜」とか、絵文字をくださる方々、たくさんの心温まる励ましのお言葉をいただいているおかげで、「やってしまった〜」という失敗も「次、がんばろう！」と乗り越えていけるのです。そろそろ落ち着いた大人のキャスターになりたいなぁ（笑）。

番組を支えてくださるスタッフさんは、番組構成を細かく考え、生放送中は助け船を出してくれたり、時間調整を図ってくれたりと、まさに縁の下の力持ちの存在です。映像では映し出されませんが、慌ただしい空気の非常時も、的確な指示をくださり、軌道修正してくださいます。私がくいしんぼうだからか、ご飯リポートやおやつリポートもたくさん組んでいただけます。うれしい！

皆で同じ方向を向き、番組を作り上げるチームの中で、自分もその一員。微力でも、柔らかく謙虚な心で、必要とされる情報や言葉を届けていきたいです。日々の悩みは尽きませんが、やり甲斐や充実感のほうが多く、使命を感じています。うまくバランスをとりながらお仕事をしていきたいですね。

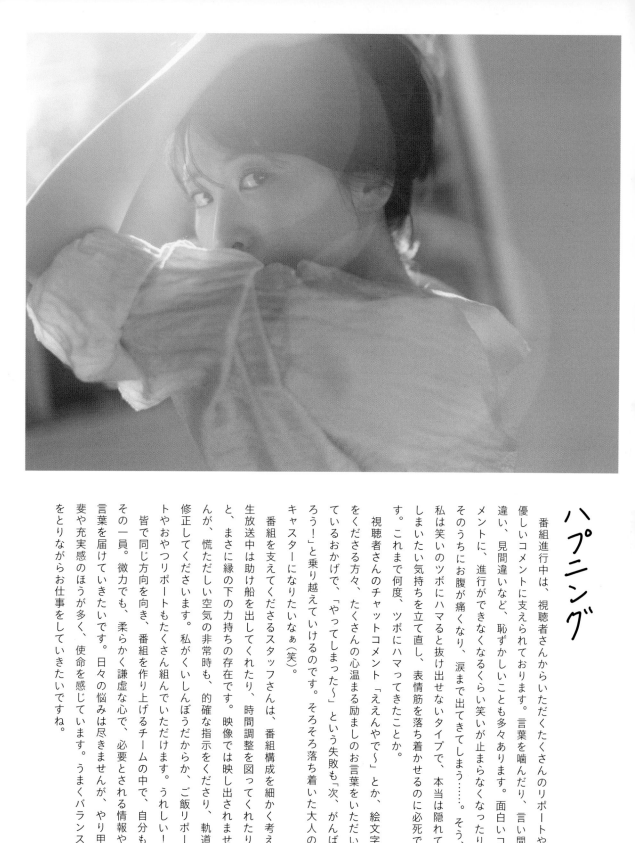

3½ FT

日本一きれいな星空

キャスターとして初めて担当させていただいた外ロケは、デビューから1年ほど経った頃、2019年ふたご座流星群の中継でした。場所は、「日本一星空がきれいな村」と環境省にも認定された長野県阿智村。いったいどんな美しい自然と星空が広がっているのだろう、とワクワクが止まらなかったのを覚えています。

中継は12月中旬の寒い日でした。現地に着いたときは日差しがあったのに、段々と雲行きが怪しくなり、チラチラと雪が降り始め……。「晴れてくれ〜〜!!」と心の中でお願いしながら、準備を進めました。

豊かな自然の空気って、とても澄んでいておいしいですよね。深呼吸をする度に、身体中が新鮮な空気を喜んでいるような気がしました。日が落ちるとあっという間に辺りが暗くなり、気温も急降下。極寒で体が震えてきた頃には、晴れて満天の星が広がっていました（良かった――！）。数日前に満月を迎えた明るいお月様があったものの、月光に負けないくらい輝く星たち。中継が始まる前にふたつほど流れ星を見ることができ、大興奮でした。

いよいよ本番がやってきました。出だしはバッチリ。のはずが……話しているうちに寒さで顔の筋肉が動かない!! あのとき、気温は一桁……いや氷点下で、話したいのに、口が動いてくれない!! おまけに鼻は真っ赤っか。自分でもびっくりするくらい、のろのろペースでしか話せませんでした。唇を動かすのがやっとでしたが、そんな寒さなんて忘れてしまうくらい美しい星空に包まれた高揚感と、感動をどうにか届けたくて気合は十分だったので、なんとか伝わったはず……。

スタジオでMCをしてくださったあいりんさん（山岸愛梨キャスター）は、「普段の5倍くらいテンションが高かったですね（笑）」とおっしゃっていましたが、自分的には10倍、いや100倍くらいの上がり方で、とにかく楽しかったなぁ、という良い思い出です。スタッフの皆さんとバスで都内に着いたのは、翌日の明け方。充実感に満たされて帰路につきました。180°ぐるっと、まさに天然のプラネタリウムが今でも鮮明に思い出されます。あんなにきれいな星空を見たのは人生で初めてでした。阿智村、また行きたいな。

同期愛がとまらない

沙耶ちゃん（檜山沙耶キャスター）と出会えたことは、私にとって生涯の大きな幸運です。出会いは2018年7月末に行われたオーディションでした。当日は暴風雨の悪天候で、会場の待合室では、発声練習や披露する特技の練習など、皆それぞれの過ごし方で順番を待っている状況でした。そんな中、私のひとつ前で、大きなギターケースを背負っていた彼女。一際目立つ爽やかな美人さんが、沙耶ちゃんでした。そのときは、そもそも自分が受かる自信もまったくなかった（就活で落ち続けていた私は、良い意味で肩の力を抜いて挑んでいたような気がします）し、彼女と同期になって一緒にお仕事できるなんて想像もできませんでした。

沙耶ちゃんとはそんな出会いで、妖精のように可憐できれいな瞳という印象はしっかりと残りました。沙耶ちゃんが面接室に入ると、聞こえてくるのは、面接官と思われる方々の笑い声、というか爆笑の渦に包まれている室内。ただでさえ緊張しているのに、何事かと中の様子が気になって仕方ありませんでした。のちに沙耶ちゃんのオーディション映像を見て、ちょっぴり天然な沙耶ちゃんらしさに納得（笑）。とってもかわいくて、私ももらい笑いしました。

次に会ったのは、無事にキャスター採用が決まり、初めて出社した日。会社で顔を合わせて、オーディション会場で会った「きれいな瞳」と「沙耶ちゃん」がつながったのです！

そこからの研修の日々は、何度も番組でお話ししていますが、毎日ふたりで過ごした濃厚な時間でした。沙耶ちゃんは私の3つ歳上ですが、「同期なんだし、気を遣わずに話してね！」という優しいお言葉に甘えて、友達のように話しています。

趣味や好きなことは異なるものの、何よりも波長が合い、共感できることが多い。そして、笑いのツボが一緒。番組のクロストークでも、何度笑わせてもらったことでしょう。その度に転げ落ちそうになりました。沙耶ちゃんのご家族からも温かく見守っていただき、いつも感謝しております。ありがとうございます！

沙耶ちゃんが同期でいてくれたから、お仕事をがんばろうと思ったことが数え切れないほどあり、ここまで来ることができました。一緒にいて本当に心強く、楽しいこともつらいことも分かち合える存在です。こんなに素敵な沙耶ちゃんと出会えたご縁をいただけたことに、改めて感謝です。連番での合格採用の話も、おばあちゃんになるまで笑いながらおしゃべりできそうです。ね、沙耶ちゃん！

これからもお互い、自分たちのペースで歩いていければいいね。心からの愛と感謝を込めて。沙耶ちゃん、大好きだよ！

素晴らしい同僚

女性だけの職場で、よくギクシャクしているのではないかと言われることもありますが、そんなことはまったくなく、むしろアットホームな優しい空気感に包まれています。

先輩キャスター陣はいつも優しく気にかけてくださり、本当に心強く、頼りにさせていただいています。皆、個性的でユーモアあふれ、とにかく優しい人たちばかりです。そんな先輩方は、本当に温かく私たちふたり（同期の沙耶ちゃんと）を迎えてくださいました。ウェザーニュースキャスターになって本当に良かったと、今改めて感じています。あっという間に自分より年下のキャスター仲間も増えてきて、私もしっかりしないとなと感じている今日この頃です。

あいりんさん（山岸愛梨キャスター）とは、同じ誕生日で驚きました。身近なところでこんな偶然の出会いがあるなんて、奇跡というか運命とでも言いましょうか。6月生まれのキャスターは、ほかにゆかりんさん（白井ゆかりキャスター）と奈々さん（高山奈々キャスター）のおふたり。「6月会」と名付け、お誕生日パーティーを開いています。私もメンバーに入れていただいてから、いろいろなお話をさせていただいて、年に一度の楽しみでハッピーな行事になっています。

一番歳が近いのは、ゆっきー（内田侑希《ゆき》キャスター）で、何かと相談することが多いです。とびきり美人さんなのにケラケラと笑う姿に、視聴者の皆さんもきっと癒やされているはず。あのギャップがたまらなくかわいいですね。とても大好きです。そして、ゆっきーとは私服の好みが合う……と勝手に思っているので、いつか一緒にお買い物にも行きたいな～（笑）。

目指せ丁寧な暮らし

母のおいしい手料理を毎日食べることのできる幸せ。実家にいる頃は気づきもしなかったことです。

当たり前の衣食住ではなかったのだなあと痛感したのは、上京してひとり暮らしを始めてからでした。母の煮物が食べたいよ～……とたまにホームシックに襲われながら、自分でグツグツ煮込んでみても、どうも味気ない。お味噌汁なんて、作り方は簡単なのにどうやってみても母と同じ味にはなりません。実家に帰ると、3日間ほど断食していたかのように3食以上しっかり食べます。

ひとりでいると簡単なメニューが多く、冷凍パスタにちょこんと何かというパターンで済ませてしまいます。自炊力がグッと上がったのは、妹が上京してふたり暮らしになったタイミングでした。目分量の味付けながら妹からおいしいと褒められるとうれしくてがんばったものです。

単純に面倒くさがり屋なので、お菓子作り以外で計量スプーンが登場することはありません。自分の舌が母の味を思い出し、どんな調味料を入れると母の味に近くなるのか、ただただ味覚が頼りです。これ以上レベルアップすることもなさそうですが、SNSを参考にすると可能性は無限大ですね。

私が社会人になってからは、妹がご飯を作って待っていてくれる日もあり、疲れている私にはとてもうれしくてありがたかったな。冬はお鍋が最高。私たちが大好きなキムチ鍋は市販のスープではなく、キムチとニンニク、ごま油に鶏がらスープの素、お醤油でスープを作るのですが、これが本当においしい。我ながら絶品。翌日の仕事がオフの日は、部屋中がニンニク臭です（笑）。

生活力がとても高い妹はインテリアに長けていて、上手な収納力でちょっとしたキッチンアイテムをプラスして便利にしてくれ、私ひとりでは気にもしていなかった隙間部分もどんどん使い勝手が良くなりました。生活の質が上がり、心も体も豊かになりました。適度な断捨離は、生活習慣を見直すきっかけにもなり、私の無頓着な部分に刺激を与えてくれます。

私と妹を足して割ったら、とてもバランスのいい人間になるのにな～。これからも大切で大好きな妹です。

飛んでいったアゴ

日々のストレス解消法は、ずばり食と睡眠です。おいしいものを思いっきり食べられることの幸福感は、何にも変えられません！　たまに涙を流し、心をスッキリさせます。

そして、たまらなく大好きな絶叫系アトラクション。幼い頃から、「あれ乗ろう」「次はこれ」と言う私に、父がよく付き合って乗ってくれました。家族が青ざめながら見守る中、ワッハッハーと笑いながら達成感と具合の悪さを感じ降りてくるあの感覚は、アトラクションの醍醐味ですよね（笑）。

富士急ハイランドの「ええじゃないか」というアトラクション（座席が前後に回転するジェットコースター）に乗ったときのことです。終始、口を開けて叫んだことで私のアゴはなんと外れてしまい、周りの友達は心配するどころか爆笑〜。30分ほどでアゴは元に戻りましたが、本当に危なかったー。そんなことがあっても懲りずに、バンジージャンプに挑戦。64メートルだったかな……何回かバウンドするのですが、自分が上がっているのか下がっているのかわからなくなります（笑）。

私は結構思い切りの良いタイプで、決めるまではウジウジ悩みますが、決断してから実行するまでは早いです。ストレスもパパッと吹き飛ばしてくれる絶叫系アトラクション。次は何に乗りに行こうかな？　バンジーの100メートルも挑戦してみたいな。アゴが飛ばされませんように。

SNSって

皆さんは、SNSとどのような距離感で過ごしているでしょうか。私はズバリ、投稿するときは割り切り、見るときは一歩離れて眺めます。

空やお花、カフェで過ごしたときのコーヒーなど、キャスターというお仕事をさせていただいてからは、何気ない日常の中でもハッと気に留まるようなことは写真に収めるようになりました。今は日記感覚で楽しんでいます。

高校時代からスマートフォンが普及し、徐々にInstagramやTwitterが流行り始めました。これまでを振り返ると、変に縛られて劣等感を覚えたり、どこまでも満足度を感じなかったりという時期もありました。今まさに、心のどこかで息苦しさを感じている方もおられるでしょうか。

私は仕事柄、休みの日でもSNSのチェックを欠かせませんが、心の元気がなく病んでいるとき、そして疲れているときは、画面の世界から離れてひとりの時間を大切にしています。SNSに助けられることもあれば、逆に自分を苦しめるものにもなってしまうこともありますよね。ほどよい距離感は自分にしかわかりません。うまく使い分けていきたいものです。それでも、自身の発見や季節の移ろいを皆さんにシェアしていく場としてこれからも活用していきたいと思っているので、温かく見守っていただけたらうれしいです。

●この本をどこでお知りになりましたか?(複数回答可)

1. 書店で実物を見て　　2. 知人にすすめられて
3. SNSで(Twitter:　　Instagram:　　その他　　)
4. テレビで観た(番組名:　　)
5. 新聞広告(　　新聞)　　6. その他(　　)

●購入された動機は何ですか?(複数回答可)

1. 著者にひかれた　　2. タイトルにひかれた
3. テーマに興味をもった　　4. 装丁・デザインにひかれた
5. その他(　　)

●この本で特に良かったページはありますか?

[　　]

●最近気になる人や話題はありますか?

[　　]

●この本についてのご意見・ご感想をお書きください。

[　　]

以上となります。ご協力ありがとうございました。

郵便はがき

お手数ですが
切手を
お貼りください

150-8482

東京都渋谷区恵比寿4-4-9
えびす大黒ビル
ワニブックス書籍編集部

お買い求めいただいた本のタイトル

本書をお買い上げいただきまして、誠にありがとうございます。
本アンケートにお答えいただけたら幸いです。
ご返信いただいた方の中から、
抽選で毎月5名様に図書カード(500円分)をプレゼントします。

ご住所 〒 TEL (- -)	
(ふりがな) お名前	年齢 歳
ご職業	性別 男・女・無回答
いただいたご感想を、新聞広告などに匿名で使用してもよろしいですか? (はい・いいえ)	

※ご記入いただいた「個人情報」は、許可なく他の目的で使用することはありません。
※いただいたご感想は、一部内容を改変させていただく可能性があります。

ウェザーニュースキャスターのお仕事②

たくさんの空があることを
キャスターになって知った

　ウェザーニュースキャスターのお仕事を始めるまでは、自分が見上げる空が全てでした。でも、ウェザーニュースLiVEには、全国からウェザーリポートが届くんですよね。地域によってお天気が違うのはもちろん、空の色も、雲の形も、全然違う。夕焼けのマジックアワーも、同じ時間なのに色やグラデーションの具合が違っていて。それって当たり前のことなんですけど、全国にはこんなにたくさんの空があるんだと改めて実感できたのは、やっぱりウェザーニュースキャスターになったからだと思います。

　いただいたリポート写真をマップに表示できる「10分天気マップ」というツールがあって、それを見て「今日もこんなにリポートが届いてるんだな」と思いながら、全国の空の違いを見るのもすごく好きなんです。

　Googleマップのストリートビューで知らないところに降り立って、旅行気分で散策するのが楽しかったりするじゃないですか。それと同じような感覚で、「ここの青空はすごく濃いな」「この地域の空はこんな感じなんだ」って、いろんな空を見るのが楽しくて。

　また、ウェザーニュースでは「いろ」

にちなんで毎月16日の16時16分に、全国の皆さんと同じ瞬間に空を見上げようという「ソライロの日」という企画を実施しているのですが、これも素敵な企画なんですよね。

正直、最初は「みんなで空を見上げるってどういうこと?」と思ったりもしたのですが……今では自分も一参加者として楽しんでいます。皆さんと一緒に空を見上げてつながりを感じることができますし、年末になると「今年最後のソライロなんだな」としみじみ思う自分もいて。季節を感じるイベントにもなっているんですよね。

もちろん、視聴者の皆さんとのコメントのやりとりや、ウェザーニュースのアプリでフォローしている「ソラトモ」さんとのつながりも大切に思っています。皆さんのリポートを見たり、「このコミュニティに参加して、空が好きになりました」というプロフィールメッセージを読んだりすることで、すごく元気づけられています。

先輩と後輩を見ながら ようやく見つけた〝自分〟

番組の中での思い出深い出来事といえば、若手の頃、番組のほかに別の仕事も立て続けにあって、放送中は酸欠状態でぼんやりしたけど自動的に言葉が出てきた、なんて経験もありましたが……最近だと桜の中継でしょうか。先輩の江川清《さや》音《ね》キャスターと目黒川をクルージングしながら桜の模様を中継したんですけど、プライベート感覚で楽しんでしまいました。

ただ、私が能天気にお花見を楽しんでいるのに対して、清音さんはちゃんと視聴者の方のことまで考えていて。お団子を持ち込んだりと、伝え方や見せ方まで工夫していて、自分が楽しみながら、観てくださる人にも楽しんでほしいという思いを強く感じました。私はウキウキしているだけで、清音さんに分けてもらったお団子までもぐもぐ食べて……さすがにちょっと恥ずかしくなりましたね（笑）。

先輩の偉大さを感じることは多々ありますが、逆に自分は先輩としてうまくできているかというと、ちょっと自信がないです。新卒で年下のキャスターが入ってくるようになったのもここ1〜2年のことなので、やっと先輩の自覚が芽生えてきたくらいで。

それに、後輩といっても、みんな最初から自分の個性を出せる子たちばかりなんですよ。自分の得意なこと、好きなことがはっきりしていて、堂々としている。私なんて、4年かけてようやく自分が出せるようになってきたのに……。

でも、みーちゃん（戸北美月キャスター）とはよくラーメンの話をしますし、いつも明るいりのんちゃん（大島璃音キャスター）からは元気をもらってますし、同じ空気感で話せるりえなちゃん（小林李衣奈キャスター）といるとほっこりしますし、みんなを深掘りしてもっと仲良くなっていきたいと思っています。

私はたぶん、環境に慣れるのにすごく時間がかかるタイプなんです。4年目になってようやく自分を出して仕事を楽しめるようになったのも、環境に慣れて肩の力が抜けてきたからだと思います。

最初は、やっぱり理想を高く持ちすぎて、自分を良く見せようと背伸びしていたんでしょうね。なんだろう、猫をかぶっていたんですかね? でも、自分を理想の型にはめようと無理をするのではなく、等身大の自分を活かしたほうがいいんじゃないかって、だんだんわかってきました。

たぶん、自分が若手であることを言い訳にしてきた部分もあるような気がします。ただ、もうそんなことを言ってられません。若手でもベテランでもなく、先輩と後輩に挟まれている時期というのは、すごく貴重だと思うんです。今の立ち位置だからこそ学べるものも多いはず。だからキャスターとして、今を大事に、一歩一歩、歩んでいきたいですね。

麺類がやめられない

ズルッ、ズルルルル。

夜勤明けのラーメンは、やはり最高です。

普段、お仕事終わりは家に直帰して、納豆ご飯に目玉焼き、お味噌汁と定番の朝ご飯ですが、夜勤が続くとガッツリラーメン欲が高まってくるのです。翌日が休み！　かつ、体力が残っている日には、お仕事後にラーメン屋さんに寄って至福の一杯をいただきます。

私が好きなのは、細麺の博多とんこつラーメン。一蘭さんや一風堂さんによく行きます。学生時代には、よく家系ラーメン店に通っていました。最近、久しぶりに豚骨醤油の濃厚なスープをいただいたんですね。一口目のあの幸福感は言葉に表せません。ラーメンをおかずにご飯も進み、スープでひたひたにした海苔でご飯を包むとお口の中が幸せです。冬には味噌ラーメンも食べたくなるな。

ただ私の場合、食べすぎるとすぐに顔に表れます。丸顔がコンプレックスなのですが、さらに頬がふっくらしてくると、さすがに焦ります。運動と食事のバランスはしっかり意識しないといけませんね！

そんな私も、大事な撮影前は、ラーメンを我慢して春雨スープで代用しているんです。チュルッと一口一口噛み締めて……。

これからも、できるだけ自分の食欲には素直でいたいものです（笑）。キャスターである以上、見た目には気をつけているつもりですが、自分のパワーが蓄えられてこそ、お仕事をがんばることができます。番組では、お天気だけではなく、おいしそうなご飯や珍しいお菓子、ご当地グルメなどをリポートでいただきます。これからも皆さんと最新情報を追いかけていければうれしいです。気づいたらグルメ枠のキャスターになっていたりして。

くいしんぼう

キャスターお披露目番組で、好きな食べ物はいくらと答えたところ、ニックネームの選択肢に「いくらちゃん」が入っていました。自分のあだ名になっても良いくらい好きですが、無難に「ゆいちゃん」と呼んでいただくようになりましたね(笑)。

小さい頃、よく祖父が市場で新鮮ないくらを買ってきてくれました。ほかほかのご飯にのせて食べるそのいくら丼が、とっても好きでした。いくら一粒一粒が弾ける度に幸せになれる、私の疲労回復食です。

そして毎年楽しみにしているのは、秋に旬を迎える、皮の薄くて柔らかないくら。プリッとした食感で、秋が深まるにつれてその皮も厚くなり味が濃厚になってゆくなど……楽しみ方の幅が広がります。

宮城には、はらこ飯という郷土料理があります。鮭といくらをのせた醤油味の炊き込みご飯で、地元のスーパーにもよく売っているのですが、上京してきて簡単にはらこ飯が食べられないのがちょっと悲しかったです。でもそのおかげで、自分でも作るようになりました。

宮城のおいしいものつながりでいくと……牛タン、笹かまぼこ、ずんだなどが有名でしょうか。どれもおいしいですし、ひょうたん揚げ、凍天《しみてん》、仙台駅前の薄皮たい焼きもよく食べたなぁ。松島のカキ、気仙沼のふかひれ、白石うーめん、蔵王のチーズなど、宮城にはおいしいものがたくさんあります。そして、全国有数の米どころ！　仙台は杜《もり》の都とも称され、緑豊かな都市で本当に住みやすいのです。皆さんも、ぜひ宮城に遊びに来てみてくださいね。

友達との距離感

大学時代、一緒に授業を受け、たくさん遊び、旅行をし、テスト前にはともに徹夜をし、どんなことでも笑い飛ばして、いつも励ましてくれるかけがえのない友達ができました。

飾らずに笑い合える4人でいろいろなところに行きましたが、どこに行っても話が途切れません。近場のカフェでも温泉でも海外旅行でも、何でも言い合って笑えるって幸せなことだなとつくづく思います。

高校の入学時に隣の席になったときからずっと、今も仲が良い相棒ちゃんがいます。授業中居眠りをしている私を毎度起こしてくれました。感性や考え方が似ていて、たまに会うだけでも話が弾むし、マシンガントークが止まりません。

小学校からの長い付き合いになる友達は、引っ越しで離れ離れになったあともよく手紙のやりとりをしていて。心の支えでした。

そんな友達と行った夢の国のカフェで、私、寝ちゃったことがあるんですね（楽しい時間に仮眠をとるなんてありえない……！）。そんなことをしても笑っていてくれる優しい子。大人になった今も、電話で話すと何時間も話し込んでしまいます。

ほどよい距離感が保てる人とは、長く仲良くできますよね。でも、その距離感をつかむのが結構大変だったりします。私は狭く深くの友達付き合いですが、自分の気持ちを素直に伝え、いやなことはしっかりと断る。それでもちゃんと心地良くいられるから、ずっと続く関係性なのだなと最近改めて思いました。

何か問題が立ちはだかったときに、私はまず、自分自身で考えてどうにか解決策を探します。友達に相談することもあるけれど、心が落ち着いてから大概は事後報告。踏み込んで聞かれるとちょっと疲れてしまうのですが、信頼できる友達はそういうのも全部受け入れてくれて、私が話したタイミングで優しく寄り添ってくれます。

思いやりにあふれていて、さりげなく優しい気遣いができる人って本当に素敵。どれだけ仲が良くても「親しき仲にも礼儀あり」を忘れずに、大切にしていきたいです。

密かな趣味

ホリデーシーズン、ニューヨークの12月は、街全体がキラキラのイルミネーションで輝きます。そんな憧れの街・ニューヨークに行ったのは大学2年生の冬のこと、高校からの友達との弾丸旅行でした。

クリスマス目前のニューヨークは鼻水も凍るほどの極寒でしたが、定番の観光スポット、ロックフェラーセンターの巨大なクリスマスツリーをはじめ、煌《きら》びやかな光と豪華な飾りに包まれた街は全てが美しくて、ダイナミックで、感動しました。

もふもふの白髭のサンタクロースと写真を撮り、楽しい旅の幕開けです。本場のブロードウェイ、『キャッツ』の観劇、アゴが外れるようなとても大きなハンバーガーや有名なステーキやロブスターなど、さすがエンターテインメントと美食の街で、とても贅沢な時間でした。

ニューヨーク近代美術館やエンパイアステートビルの展望台から見渡す絶景も本当に素晴らしく、巨大パノラマのようでした。有名な老舗の本屋さん、ストランドブックストアにも足を運び、本の多さに圧倒された記憶があります。トートバッグやカード、かわいいデザインの雑貨も豊富で、おしゃれなものばかり！

私はポーチを購入したのですが、もったいなくて今でも大事に保管しています（なんのために買ったのか……汗）。「飾りながら使いましょう！」と旅の思い出を楽しむのも良いかもなと最近思ってきたところです。

そして、旅先での「マグネット購入」は私の旅行中のミッションで、密かな趣味というか……集めずにはいられないのです。そう、私はマグネットコレクターです。これまで集めたかわいいマグネットを眺める時間は、幸せそのもの……。ここでは、ニューヨークの街並みが描かれているマグネットを買いました。家の冷蔵庫には、そんな思い出がペタペタと貼られており、見る度にニンマリとしてしまいます。

「眠らない街」ニューヨークのパワーはとても刺激的で、最高でした！　また海外に行けるといいなぁ。

ベトナムの自転車

よく、自転車に乗ります。

大学時代は自転車通学をしていました。歩いて20分、自転車で5分。1限はいつもギリギリだった記憶しかありません。学科もサークルも同じで家が近い友達がいて、自転車で並んで帰る帰り道が好きでした。

彼女はしっかりしていて頭も良いのに、ちょっと天然なところも愛らしい。思ったことを素直に口にでき、良い意味で言葉を選ばずしゃべることができる、貴重な友達です。

ふたりで行ったベトナム旅行も、結構ノープランだったな。お互いしっかり食べるタイプ（私がラーメン1杯食べている間に、替え玉も食べちゃう子）なので、食もさまざま楽しめました。練乳入りの甘〜〜いベトナムコーヒー、バインミー（ベトナムのサンドイッチ）やフォーもおいしかったな。


パクチーは好き嫌いが分かれますが、私は大好きです。ただ、現地で頼んだパクチーサラダは、お皿にドンッとパクチーのみが盛られ、さすがの私もちょっと食べにくかった……。草食動物になった気持ちでむしゃむしゃ食べたのでした。お料理のアクセントにちょうどいい野菜ですね。ちなみに彼女はパクチーが苦手というのを旅行に行ってから知りました（笑）。

色鮮やかなランタンに彩られ、幻想的な光に包まれた世界遺産の古都ホイアンを歩きながら、ちょっぴりノスタルジックな気分になりました。川沿いで灯籠流しを体験できる船に乗ったのですが、川の真ん中に着いたあたりでびっくりする金額を請求されて……。値段をよく見なかった自分たちが悪いのだけれども、川のど真ん中で言うのもひどい!! 安全に岸まで帰りたかったので渋々お支払い。灯籠《とうろう》やランタンの淡く暖かな灯りの中で、ヒヤッとした体験でした。

ナイトマーケットも楽しかったな。そうそう、ベトナムに行ってもふたりで自転車に乗りました。たしか日本円で50円、安い！ 生暖かい風を浴びながら巡ったベトナムの景色、良かったなぁ。ふたりでペダルを漕いだ懐かしの大学時代、ベトナム旅行、どれも大切な思い出です。

怖いもの知らずな私の舌

私は、こだわりはそこまで強くない人間です。食の好き嫌いもありません。「こうじゃなきゃいやだー!」ということもなく、「納得いかない!」という場面もそこまでありません。なんでも良いです〜と受け入れますが、「ちゃんと考えてよ!」と言われてしまうこともありますね(汗)。

そんな私は辛いものが大好きで、ロコモコ丼には必ずタバスコが欲しくなりますし、青森の七味にんにくをうどんやお蕎麦にかけるのは、幼い頃から当たり前の習慣でした。体がポカポカしてくるので、冬には特におすすめですよ。

韓国の辛ラーメンも無性に食べたくなります。辛さと闘いながら箸を進めるあの時間がたまらない。食べたあとには必ずお腹が痛くなるので、私の胃腸にはあまり合わないのかもしれませんが……。ただ、食欲と腹痛とを天秤にかけると、圧倒的に食べたい気持ちのほうが勝つのです。やめられませんね。

タイ料理も定期的に食べたくなります。プーケットに旅行に行ったときのこと。ガパオライスに春巻き、グリーンカレーとヤムウンセンを食べたかな。「これなんだろう?」と聞かれて「ピーマンじゃない?」と答えて友人が食べたのは、なんとなんと青唐辛子で……。尋常じゃない辛さに舌が痺れ、涙を流す友人には本当に申し訳なかったです……。牛乳を頼んでたくさん飲んでもらいましたが、その後しばらく口の中が麻痺していたようです。本当にごめんね(涙)。

ストレスを発散したいとき、甘いものと同じように、辛いものも食べたくなるのですが、おそらく、ちょっとした刺激を求めているんですね。どこまでいけるか……と挑戦したい気持ちもあるのかな。ある意味、私の舌は怖いもの知らずなのかもしれません。

最近は、激辛専門店も増えてきていますよね。そういったところを巡るのも楽しそうだなと思っています。誰か一緒に行ってくれないかなぁ。

ゾウのおさんぽ

旅行が趣味の私は、異国でのアクティビティも大好きです。念願のタイ旅行で、初めてゾウに乗りました。ゾウの背中にふたり乗りの椅子が固定されていて、そこに上っていざ出発。軽い山登りコースで、斜面を登っていくゾウの背中もどんどん傾きます。危うく椅子から落ちそうになりながらもバランスをとり、目の前に迫る木の枝などをかき分けながら進む山道。少し前にずれて、直接ゾウの上に座らせてもらうと、ゴワゴワした皮膚に毛のチクチク感と振動とでバランスをとるのがさらに難しかったです。

そんなこんなで山の頂上に着くと、青空よりも濃いマリンブルーの海が広がり、絶景とゾウとの記念写真は、一生の宝物になりました。

私にとって旅行の醍醐味は、「自然と非日常感を満喫すること」「食と文化を楽しむこと」です。旅行中の新たな発見や新鮮な体験は、感性を豊かにしてくれるように思います。この空の続く先に、まだ見ぬ世界が広がっていると思うとワクワクするなぁと、ゾウの大きな背中に乗りながら改めて感じました。これからも、いろいろな地を巡り、視野を広げていきたいです。

相棒はカメラ

旅行には、愛用しているカメラを一緒に連れていきます。

大学生の頃に出会ったミラーレス一眼・オリンパスペンは、やわらかいホワイトとかわいいデザインに一目惚れをして購入しました。使う度にかわいいなぁ、と思いながら大事にしているのですが、実はこれ2代目なんです。

というのも、以前妹に貸したところ、海へ行き潮にやられてしまったようで(涙)、泣く泣く、E-PL7とさよならしてE-PL9をお迎え。かわいいデザインは受け継がれていたのでなんとか折り合いがつきました。

今はスマートフォンでも本当にきれいな写真が撮れますよね。しかも簡単に。私もちょっとしたお出かけのときはスマホだけになってしまうのですが、シャッターを押してカシャッとその世界を収める感覚がやっぱり好きで、季節ごとに楽しんでいます。出会った絶景はもちろん、友達のふとした表情、思い出のワンシーンが鮮明に記録され、たまに見返すとやっぱりきれいだなぁ、としみじみ思います。

実は、同期のさやちゃんも偶然同じシリーズのカメラを持っていて、びっくり仰天!(うれしい!!)ふたりで何度か紅葉の季節にカメラ散歩もしました。

カメラを手に持ち、「撮るぞ!」と意気込むと、景色がますます壮大に見えたり、新たな発見があったりと、とても楽しいです。四季の移ろいを楽しむアイテム、カメラはこれからも大切な相棒ですね♡

仲良し同期対談

駒木結衣 × 檜山沙耶

ウェザーニュースキャスターの同期であり、大の仲良しでもあるふたり。女子会感覚で理想のデートを妄想したり、お題をもとにしたテーマトークを繰り広げたりと、たっぷり語り合いました。

水戸―仙台ツアーをプレゼン

駒木　今日はありがとう〜。最近はお忙しいですか？

檜山　最近は楽しいですね。

駒木　私も楽しいでございます。

檜山　何をかしこまってるんですか。

駒木　いやいや、先週も一緒にお寿司デートに行って。楽しかったね。

檜山　あんなにおいしいお寿司屋さんを予約してくれて、ありがとう。

駒木　たまにはいいよね、回らないお寿司も。そんなお寿司デートをした沙耶ちゃんに、今日はいくつか質問をしていきたいと思います。何から聞こうかな。沙耶ちゃんは、もし1か月休みがあったら、どうしたい？

檜山　そうだな、観たいアニメリストのアニメを全部観たりとか。それこそゲームも結構やらずに積んでるものがあるから、それをやりたいかな。

駒木　沙耶ちゃんって、ゲームとかいくつか並行してやるタイプなの？

檜山　並行タイプではあるけど、ハマったらずっとひとつのゲームを続けることもある。結衣ちゃんだったら何がしたい？

駒木　私は1か月あったら旅行したい。

檜山　あ、旅行もいいよね！　旅行こそ時間がないとできないから。結衣ちゃんはどこに行きたい？

駒木　ボリビアのウユニ塩湖。水面が鏡のようになるんだよね。あそこは絶対に休みが長くないと行けないから。

檜山　しかも気象条件も合わないときれいに見えないっていうからね。友達が行ったんだけど、ちょうど曇っててよく見られなかったって言ってた。でもいいよね、私も行ってみたい。

駒木　あと私の実現可能な夢としては、沙耶ちゃんと水戸―仙台ツアーをしたい。

檜山　お互いの地元を巡るんだね。仙台だったら、どこに連れて行ってくれる？

駒木　もう私ね、考えてるんですよ。

檜山　素晴らしい！

駒木　まずは松島。日本三景の松島にドライブで行って、生ガキと焼きガキを一緒に堪能します。

檜山　え〜食べたい！　宮城って、海産物がおいしいよね。

駒木　で、景色を楽しんでもらったら仙台に戻って、私の実家に連れて行きます。いいですかね？

檜山　もちろんです。ご挨拶させてください。

駒木　家族が本当に「さやちゃん」「さやちゃん」って言って会いたがっているので、ぜひ遊びに来てください。そこから秋保《あきう》温泉で1泊しようと思います。

檜山　すごい！　そこまで考えてくれてるんだ。季節はいつがおすすめですか？

駒木　秋保温泉郷の紅葉がきれいなので、秋に連れて行きたいですね。で、紅葉巡りをして、温泉に入ってご飯を食べて。もし時間があったら、次の日は三陸をちょっと巡って、気仙沼とか石巻に行って帰ります。

檜山　素晴らしいコースじゃないですか。期待しちゃいますよ。

駒木　はい、そういうツアーをご用意しておりますので。

檜山　楽しみにしております。2泊3日ぐらいだったら、なんとかお休み合わせられそうだもんね。

駒木　そうだね。水戸はね、私は偕楽園に行ってみたい。

檜山　偕楽園は日本三大名園でもあるからね。春頃になると、梅がすごくきれいに咲くんだよ。

駒木　やっぱり梅の季節ですか？

檜山　春も秋もどっちもいいな。偕楽園は紅葉もきれいだから。水戸駅からもすぐ行けるから、私がご案内します。

駒木　楽しみにしております！

もはや家族に近いふたり

駒木　沙耶ちゃんは、一番うれしいサプライズってどんなの？

檜山　うれしいサプライズかぁ。でも、どんなサプライズでも、やってくれたっていうことに価値があると思う。

駒木　気持ちがうれしいよね。

檜山　そうそう。意表を突かれると、驚きとうれしさが倍増する気がする。結衣ちゃんは、理想的なサプライズがあるの？

駒木　私もそんなに理想は高くないんだよね。やってくれたことは全部うれしい。でもなんか、（恋愛リアリティ番組の）『バチェラー』を観てるとさ、気球デートとか、飛行機デートとか、そういうのはすごいなと思う。

檜山　お金をかけるサプライズもいいけど、素朴なサプライズ、部屋を暗くして、いきなりBGMが流れるとかでもすごくうれしい。どれだけ時間をかけてくれるかの気がする。

駒木　心がきれいだね、やっぱり。私なんか理想は高くないとか言ってるのに、高いじゃん、めちゃくちゃ（笑）。恥ずかしい〜！

檜山　違う違う（笑）。私はあまりにも夢見てなさすぎるからだと思う。そういうすごいことしてもらえるのならうれしいし。

駒木　すいません、がめつい女で……。

檜山　そんなことない！

駒木　でも、理想の付き合い方でいうと、ちゃんと相手と尊重し合える関係って素敵だなと思う。

檜山　本当にそうだよね。人間、同じ人なんていないからさ、尊重できて、歩み寄って、同じ文化じゃなくても共有し合える

ことが、やっぱり一番大事なんだろうね。

駒木　長く続く関係性を築くなら、やっぱり受け入れることって大事だよね。「なんでこの人こうなんだろう?」とか思っても、「この人はこういう人だから」って受け入れることができたら、先に進める気がする。

檜山　難しいけど、それがきっと歩み寄るってことなんだろうね。

駒木　でも、沙耶ちゃんとは歩み寄らずともすごく仲良くできたと思う。

檜山　価値観が似てるのかな?

駒木　不思議だなと思って。

檜山　デビューからもう5年目になったんだよね。本当に苦楽をともにしてきた仲じゃない?　なんだろう、結衣ちゃんの考えてることもすごくわかるし、「これはきっとうれしいんだろうな」とか、「これはちょっとつらいのかな」とか、やっぱりわかるのね。

駒木　うん……。

檜山　だから、一緒に年月を重ねていくうちに、もちろん同期なんだけど、ちょっと家族っぽくもなりつつあって。すごく気持ちが同調しちゃうんだよね。本当にありがとうね。

駒木　うん……（涙）。

檜山　泣いてる!?　私もちょっと話して泣いちゃったんだけど……ごめんなさい（泣笑）。

駒木　なんか本当ね……ごめんなさい（涙）。アハハ。

檜山　アハハ。いや、だからすごい気持ちがわかるからさ、いつもがんばってるんだろうな、とか（涙）。

駒木　でも、沙耶ちゃんがいなかったらがんばれてなかったと思う。つらいときはね、電話で話を聞いてもらって……。ちょっと待って、なんでこんなに泣いてるの!?　こんな予定じゃなかったのに（泣笑）。

檜山　でもさ、気持ちを理解してくれる人が近くにいるって、すごいありがたいよね。

駒木　（ひと息ついて）なんでそうくるのよ〜。

檜山　いや、尊重し合うって話だったから。

駒木　確かにね。でもダメだ、私、沙耶ちゃんが卒業したら泣く。

檜山　泣かないで〜。それは私も同じ気持ちだから。

駒木　うん、一緒に卒業しようね。

理想の関係は契約結婚?

駒木　というわけで、本当は恋愛トークをしたかったんですけど、あんまり恋バナはしないよね。

檜山　私、本当にしなくって。

駒木　私も恋愛漫画の世界だよ。妄想というか。でもさ、沙耶ちゃんのエッセイ(『ブルーモーメント』)は、妄想が膨らんじゃった。なんか歯ブラシくわえてる写真あったじゃん？「かわいい〜！」ってなって。

檜山　え、理想の彼を想像するんじゃないの？

駒木　理想の彼になりきって、「うわ、寝起きの沙耶ちゃん、めっちゃかわいい！」とか、そういう感じで沙耶ちゃんの本は読んでたの。

檜山　むしろ私が男だったら、結衣ちゃんが理想の彼女だけどね。

駒木　本当ですか？　雑ですよ、私。大雑把だし。

檜山　かわいいし、性格も優しくて、もういてくれるだけでうれしい。料理も上手だし。

駒木　そう言ってくれる人がいたらいいですねぇ。

檜山　私なんか理想とかけ離れてると思う。好き勝手生きてるだけなんで。

駒木　でも、すごく〝好き〟を貫いてるというか、好きなことをちゃんと楽しんでる姿がかわいい。

檜山　いやいや、ありがとう。そうやって理解してくれる人がいいんだけど。『SPY×FAMILY』(※1)の契約結婚とかでもいいから。

駒木　そうそう、あれいいよね。

檜山　いい関係じゃない？　家族1人ひとりが自立していて、自分の役割があって、目的もあって。契約結婚、いいなって。

駒木　契約結婚からの恋愛もあるんだろうね。そういう番組とかもありそうだし。うん、結婚してみたいな、契約っていう設定で。というか、視聴者目線でちょっと観てみたい。

檜山　それにしても、あんまり理想みたいなものもないから、本当に話せる内容がないよ。ごめんね、深みがなくて。

駒木　いやいやごめん、私も恋バナとか全然膨らまないんだよ〜。じゃあ、ほかの話にしますか。

檜山　私、結衣ちゃんに聞きたいことがあって。結衣ちゃんは見た目ももちろんかわいくて、かわいくなる努力とかもすごいなって思うのね。メイクとかファッションとか、何かこだわりポイントってあるんですか？

駒木　こだわり？　なんだろう。でもメイク道具も値段が高いからいいっていうわけじゃなくて。もちろんいいものもたくさんあるんだけど、プチプラのものでもすごく充実してるから、組み合わせてるかな。

檜山　組み合わせてるんだ。何色がいいとかあるの？

駒木　アイシャドウでも、自分に合う色とかあるじゃん。でも、自分の好きな色を選んでるかな。沙耶ちゃんもカラー診断とかしてるよね？

檜山　そうそう。自分に合う色がわからないからこそ、プロの方に頼ってる。

駒木　大事だと思う。

檜山　本当にわからないからさ。お洋服は私生活だとカジュアルだよね？

駒木　うん、デニムとかはいたりして。でもさ、私たち、服を買うところがなんか似てない？

檜山　確かに買うところは似てるよね。

駒木　この前も「これどこの？　色違い買っていい？」って聞いて、品番を送ってもらったもんね。あと、私たちは衣装に私服を使ったりもするから、うまく私服兼お仕事服になるようなものを選んだりしていて。そのときも沙耶ちゃんを参考にしてる。これ、答えになってますかね？

檜山　なってます。ありがとうございます。素晴らしい答えでした。

お題トーク

駒木　では、ここからは用意してもらったお題があるということなので、ボックスからお題を引いてトークしていきたいと思います。では、沙耶ちゃんからどうぞ。

檜山　はい。「無人島に3つだけ持っていくとしたら、何を持っていきますか？」だって。

駒木　難しいね。私はまずお鍋を持っていきたい。お湯を沸かしたり、何か煮たりするにしても、容れ物は必要じゃん。沙耶ちゃんは何かある？

檜山　お金とかじゃないもんね……これ本当にガチ質問？　私は面白い回答を考えちゃいました。違うよね？

駒木　面白い回答もお願いします。なんで自分から……「面白回答」って（笑）。

檜山　なんか、そのほうがいいのかなって。

駒木　じゃあお願いします！

檜山　いやいや、言わない（笑）。ガチ回答にします。だったら、浄水器とかほしいかも。

駒木　浄水器!?　電源なくない？

檜山　ダメ？　じゃああれも持ってく、電気のバッテリー。防災グッズに自分で電気が作れる発電機とかあるじゃん。浄水器と発電機ね。あと、レトルトのカレーとかたくさん持ってく。そしたらたぶん生きていけるかな。

駒木　防災グッズといえば、防災リュックね。私は防災リュックで。

檜山　それはずるい！

駒木　全部詰まってるから、それで1個にしたいなぁ。でも、沙耶ちゃんのものと、私の鍋とかを組み合わせたらいいかもね。

檜山　うん、ふたりだったら6つだからね、生き残っていけるよ。あとは食べ物だね。

駒木　ビスコを持っていきたい。なんか安心できるじゃん。

檜山　安心できるけどさ、フフ。そしたら私はカンパンがいいな。味気ないけど、ボリュームがあるから。何日ぐらい生きられるかな？

駒木　1週間ぐらいは生きたいね。じゃあ次は私から、「生放送中に助けられた、視聴者の方のファインプレーを教えてください」。

檜山　どうでしょう、ありますか？

駒木　結構ありますよね。コメントでフォローしてもらったり。

檜山　最近あったのが、私、言い間違いがひどくて、「ジップアップパーカー」のつもりで、「ジップロックパーカー」って言ってたの。自分で違和感はなかったんだけど、視聴者さんからすごいツッコまれて……。ジップロックに入ったパーカーの写真がリポートに届いたっていう（笑）。

駒木　それ見たかも（笑）。

檜山　うちの母も言い間違いがひどいから、お互い間違いに気づかないまま話してることもよくあって……。結衣ちゃんは？

駒木　去年の春だったかな、「拙者、接写リポート」のコーナーにきた、「拙者、○○でござる」っていうリポートを発端に、武士の皆さん（?）からコメントがくるようになったでしょ。お城のリポートを紹介したときにも、すぐに武士の方からコメントが集まって。そのときは視聴者の皆さんの団結力というか、チーム力を感じる。「盛り上げてくれてるんだな～」って。

檜山　そうだよね、皆さん温かいよね。

駒木　また春が近づいてきたので、楽しみにしております。はい、じゃあ次のお題をお願いします。

マイブームはラーメン二郎！

檜山　じゃあ、これ。「最新のマイブームは？」。

駒木　私はスターバックスさんの「ジョイフルメドレー」かな。

檜山　え、何か楽しいものが次々に出てくるの？　メドレーって、コースみたいにバンバン出てきそう。

駒木　いや、商品名ね（笑）。ホリデーシーズン限定のティーラテなんだけど、甘くてほっとする味だから、ぜひ飲んでみて。でもさ、最近はこの本の撮影のためにがんばって控えてたんだよ。ハンバーガー、ラーメン、深夜のカップラーメン、フラペチーノ、これを我慢しました。

檜山　ストイックで素晴らしい！　見習いたい。本当に尊敬する。

駒木　本当に短期間だけだよ。今は深夜にラーメンとか食べちゃうから。

檜山　じゃあ、食べ物のマイブームはある？　私、食べたことないんだけどさ、「さわやか」のハンバーグ、あれをマイブームにしたい。

駒木　願望！　静岡にある人気チェーンだよね。200〜300分待ちとかで、いつも並んでて。でも、行きたいね。私は最近また味噌ラーメンのブームがきてる。

檜山　私も最近、ラーメン好きだよ。おいしいね、「ラーメン二郎」(※2)。みーちゃん（戸北美月キャスター）に教えてもらったんだけど。

駒木　二郎！　行ってみたい！　でも、沙耶ちゃんと二郎って、ホントかけ離れてると思うんだよ。

檜山　いやいや。でも私、大学のときも1回行ったんだよ、二郎系のラーメン屋さんに。本家はみーちゃんと行ったときが初めてだったんだけど、おいしかった。みーちゃん、あの見た目でいっぱい食べるんだよ。「野菜マシマシ」だったかな。

駒木　すごいね〜。かわいいふたりが二郎でラーメンを食べてるなんて。

檜山　楽しかったから、今度一緒に行きましょう。

駒木　行きたいですね〜。

共感し合うふたり

檜山　では、次ね。「相手のいいところ、もしくは好きなところをそれぞれ3つ挙げてください」。じゃあ、私から。まず結衣ちゃんは、人の気持ちに寄り添ってくれる。あの、泣かないでくださいね。

駒木　大丈夫、大丈夫。何、フリ？

檜山　いやいや。結衣ちゃんは、周りにいる人の気持ちをすぐに汲み取って、「この人はきっとこういう気持ちだから、こうしてあげよう」って行動できる子だと思うんですよね。

駒木　そんなことないよ〜。

檜山　いや、素敵です。ふたつ目が、芯があるところ。デビューの前も一生懸命滑舌の練習をしてたし、目的のためにがんばれるところが、芯があるなって思います。

駒木　いや、ありがとうございます。

檜山　で、3つ目が、見えないところでも手を抜かないところ。

駒木　え〜、抜いてるよ〜。楽できるところは楽しようって思っちゃうよ。

檜山　TwitterとかInstagramもちゃんと投稿してるし、ウェザーニュースのアプリもしっかり投稿してるし。あと、ニュースの原稿作成とか、表に出ないところでも、手を抜かずに一生懸命取り組むところが素敵だなと思います。

駒木　なんか、心が温まりますね。じゃあ、私からも言わせていただきます。まず沙耶ちゃんは、見た目もきれいでかわいいんですけど、私が出会った人の中で一番心がきれいで……なんかこのお題、恥ずかしくない？

檜山　ちょっとゾワゾワする（笑）。

駒木　でも、なんで心がきれいだって言

い切れるかというと、沙耶ちゃんから発せられる言葉がすごくきれいで。私が何か相談したときも、すごく前向きで、心に染み渡るような言葉をくれるんだよね。「今のがんばりは、必ず結衣ちゃんの未来につながっているよ」とか。

檜山 恐れ多いです。恥ずかしい……。

駒木 ふたつ目は努力家なところ。デビューから見てるけど、天気の勉強だって、忙しいときも、大変なときも、コツコツ続けてるよね。好きなことと仕事を両立させるのってすごく難しいと思うんだけど、自分のペースを大事にしながら努力していて。しかも、それを人に見せない。でも努力が垣間見えるから、めちゃめちゃ推せる。

檜山 推してくれるんですね(笑)。ありがとう。

駒木 あと、私は沙耶ちゃんこそ共感力が高いと思うんだよ。

檜山 お互いシンパシー感じるよね?

駒木 感じるよね!

檜山 なんとなく思ってることがわかるから。

駒木 すごく感情移入とかするタイプだよね。人の気持ちに寄り添いすぎるというか。でも、沙耶ちゃんはいつも私に寄り添ってくれて、ありがたいなと思います。沙耶ちゃんの共感力は、きっと視聴者さんにも伝わってるはず。

檜山沙耶（ひやま さや）
1993年10月27日生まれ。茨城県水戸市出身。大学卒業後に会計事務所を経て2018年に株式会社ウェザーニューズ入社。現在、『ウェザーニュースLiVE』でお天気キャスターとして活躍中。アニメ、本、漫画、ゲーム、将棋が大好き。著書に『ブルーモーメント』(弊社刊)がある。身長161cm。血液型=A型。
Twitter=@sayahiyama_1027

檜山 こんなに褒めてもらって、ありがとうございます。

駒木 こちらこそありがとうございます。

檜山 次は、「今、相手に相談したいこと」? 私、今は大丈夫なんだけど、健康診断である項目の数値が悪くなっちゃったことがあって。それで健康について考えたんだけど、きれいに年を重ねるにはどうすればいいかな?

駒木 なんでしょうね、カテキン茶を飲んだらいいんじゃないですか。あと青汁とか、そういうところからですね。でも意外だね。

檜山 血液採取の前に、1週間ぐらいずっとハンバーグを食べてたからだと思う。さすがにちょっと食べすぎた……。でもさ、こういう健康の話をするようになったんだね(笑)。10代だったら絶対ないよ。

駒木 そうだね〜(笑)。4年前の私たちだったらこんな話してないと思う。というわけで、お時間です。

檜山 本当にね、お呼びいただきありがとうございました。

駒木 こちらこそ、ありがとうございました〜。

※1 アニメ化もされている遠藤達哉による漫画。スパイの男、殺し屋の女、超能力者の少女が、正体を隠しながら仮初めの家族としてともに暮らすホームコメディー

※2 関東を中心に展開する人気ラーメン店。濃厚な豚骨醤油系スープ、極太の麺、大量の野菜やチャーシューというボリューミーさが特徴で、その独自の注文様式も相まって、「ジロリアン」と呼ばれる熱狂的なファンを生み出している

おかえりモネ

毎日楽しみにしていたドラマがありました。2021年に放送されたNHK「連続テレビ小説」の作品、『おかえりモネ』です。東日本大震災から10年という年に、きっといろいろな思いを抱きながら観た方も多かったのではないでしょうか。

宮城県気仙沼で生まれ育った主人公、百音《ももね》（モネ）が、登米編、東京編と舞台を移し、気象予報士を目指して成長していく物語です。地元宮城から上京し、気象会社で働くというストーリーが自分と重なり、とても共感しながら観たドラマでした。

実は、私も気象キャスターとして取材をお受けしたんです。ウェザーニューズで働く予報士さん方も、何人かお話しされたと伺いましたが、気象会社で働く人たちやモネの、「人の役に立ちたい」「人の命を守りたい」という想いや使命感が細部まで描かれていて、強く胸を打たれましたね。夢へと進むモネの姿にも、何度も感動で涙腺が緩みました。ただ、毎日生放送をしている身です。翌日に目が腫れてしまってはいけないので、何度堪えたことか……。休みの前日にまとめて録画を見る週もありました。

ドラマの中で、とても印象に残っている言葉があります。

「あなたの痛みは僕にはわかりません。でもわかりたいと思っています」

「生きてきて、何もなかった人なんていないでしょう。何かしら、痛みはあるでしょう」

人の心に抱える痛みは、一人ひとり違うもので。理解したいけれど簡単なことではなくて、それでも理解しようと、そっと寄り添って生きていく……。そんな、繊細で難しい人生の課題をいろいろな側面から考えさせられる、優しい物語でした。愛の形もさまざまです。自分には何ができるだろう、と日々問いながら生きていきたいものです。

ありがとう　おじいちゃん

夏休みに、久しぶりに祖父母に会いに行きました。言葉を交わし、手を握って温もりを感じて。

毎年、お盆と暮れには欠かさず帰省をしていたのに、社会人になってからは「忙しいから」と会えない理由ばかりを並べ、ここ数年は感染防止対策もとられ、会えない月日が流れました。そんなことを言いながらも、今年の夏は会えるチャンスに恵まれ、お見舞いができて良かった。

「また会いにくるから、元気でいてね。長生きしてね」

そう約束した祖父は、秋が深まってきた頃に、寿命を全《まっと》うして天国へと旅立ちました。心臓が締め付けられるように悲しく、何をする気も起きず、それでも当たり前のように新しい朝がやってきて、淡々と1日が過ぎていきました。

認知症の祖母は、何度も何度も聞いてきます。

「あら、お父さんはどこ行ったのかしら？」

「おばあちゃん、おじいちゃんは天国へ旅立ったんだよ」

その度に悲しみのショックを受け入れるのは、きっとつらかっただろうに。伝える私も切なくなりました。

祖父と一緒に遊んだ公園、杖をつきながらゆっくりと歩いた道、家族や親戚皆で囲んだ食卓。思い出すのはやっぱり元気な頃の祖父の笑顔で、秋晴れの空を見上げると、涙があふれましたが、大切な懐かしい記憶を思い出しながら、家族とともに祖父を悼む時間を後悔なく大切に過ごすことができました。

地元から戻っても、きれいな空だな、と思う心の余裕もなく、祖父のことを想い涙が出てくる日々でした。相変わらずひとりになると無気力な日々が続きましたが、仕事に復帰した日の空は、自分にエールを送ってくれているように感じました。おじいちゃんが優しく背中を押してくれていたのかな。

おばあちゃんは朝夕合掌し、心の中でおじいちゃんと会話しているようです。

ありがとうおじいちゃん。これからもそっと天国から見守っていてね。

日曜・祝日
土曜日
9時00分 ごろ
9時00分 ごろ

四度寝

私の休日は、二度寝、三度寝、四度寝……と、思う存分睡眠を取り、スッキリした状態でようやく始まります。

お昼頃まで寝てしまうときもあれば、パチッと午前8時に目覚めて洗濯機を回し、コーヒーを飲み、早くから出かける日もあります。どちらが多いかと言えば、圧倒的に前者ですね。

ひたすらゴロゴロする朝が、何よりも幸せです。寒くなってくると、お布団が私を離してくれません。晴れている日は、窓から柔らかな陽光が差し込み、そよぐ風が気持ちいいなぁ……と、また寝落ちしてしまいます。何も予定がない休日は、気がつくと外が暗くなっていて、あれれと焦ります。つい最近も、夕方までパジャマだった、なんていう日がありました。

Netflixでアニメやドラマを観る時間も至福のひとときです。韓国ドラマの沼にハマると、仕事以外の時間を全て視聴に費やします。お風呂上がりのめんどくさいドライヤーだって、洗面所でスマホの画面を見ながら乾かしていると、本当にあっという間なんですよね。

さて、朝早く起きた休日には……たま〜に美術館に行きます。感性が刺激されるというか、あのピンと張り詰めた空気感がとても落ち着くんですよね。書展も面白いです。学校で習った「書写」ではなく、芸術作品の「書道」は、墨の濃淡から筆の息遣い、字の緩急や間の取り方など、もはやアートです。そういった展覧会に足を運ぶことで、自分に新たな風が吹き込んでくる感覚が好きなのかもしれません。

ふらっとお花屋さんに寄り、「あぁ〜もうこんな季節かぁ」と植物から季節を感じたり、実家で母が花を生けて飾っているので、そのマネをしてみたり。花束を選び、贈った相手が喜んでくれたときにこちらまでじんわりと温かくなる、そういうものも心を満たしてくれます。

楽しいこと、充実感、幸せを追い求めて……追い続けるとキリがありません。どこにいたって、おうちでゴロゴロしていたって、楽しいと思えば楽しいし、充実しているなーと満足できればそれで十分。

ふと立ち止まって、自分の中にある、自分とともにある幸せをじっくりと感じられる時間を大切にしていきたいですね。

大自然の冬のアート

昨年の冬、家族で蔵王の樹氷を見に行きました。大迫力の雪の塊、神秘的な銀世界に心躍ったことを覚えています。

樹氷は「スノーモンスター」「アイスモンスター」とも呼ばれ、人間の背丈よりはるかに大きく、独特な形をした雪の像です。季節風に運ばれた雪雲の中の氷の粒が枝や葉にぶつかって凍り、氷の隙間にさらに雪が入り込む「着氷」「着雪」を繰り返し、大きく大きく成長していくのです。限られた地域でしか見られない、まさに大自然の冬のアート。日本三大樹氷と呼ばれているのは、青森県の八甲田山、秋田県の森吉山、宮城県と山形県の蔵王です。

ロープウエーから見下ろす樹氷も絶景でしたが、いざ足を踏み出した雪山に、さらに高揚感が高まりました。よく晴れた日だったので太陽の光がキラキラと雪に反射し、目を開けているのがやっとなくらいでした。体を突き刺すような寒さでしたが、感動して胸が熱かったです。

そういえば、大人になってから思いっきり雪の中で走り回ることなんてなかったな。澄みきった青空と空気が気持ち良くて、思わず走り回り、兄弟で雪の中に飛び込んではしゃぎましたね。その日はちょうど弟の誕生日で、夜は温泉に入り、おいしいご飯をいただきながら、家族でお祝いできたのもうれしかった思い出です。

私は上京してから9年目を迎えようとしています。実家で弟と過ごせた時間が一番短かったからこそ、年に数回会えるのがとてもうれしいんですよね（ついつい甘やかしてしまいます。いつまでもかわいい！）。

そんな、景色とともにある思い出も、私の宝物です。

一歩ずつ、前へ

2011年3月11日、東日本大震災が発生したとき、中学2年生だった私は、翌日に控えた先輩方の卒業式の準備のため、学校の体育館にいました。

経験したことのない大きな地震に、何が起こったのかわからぬまま、とにかく校庭へと向かい、その場に立っていられないほどの揺れに何度も襲われました。地面が大きく波打つ様子に立ちすくみながら、揺れがおさまるのをただひたすら待ちました。

ライフラインが止まった数日間は、ラジオから得る情報を頼りに生活し、数日後から新聞のページが一枚ずつ増えていきました。ようやく電気が復活し、テレビをつけると、押し寄せる大津波、流される人と民家、壊れていく街。ニュースで悲惨な現状を知りました。映像にのせて全国に被災地の情報が伝えられている。そのときは、家族で今を生き抜くこと、もとの生活に戻ることで何もかもが必死でした。あまりに悲惨な現状、災害報道をきっかけに、のちに「情報を伝える仕事」を大きく意識することになったのだと思います。

あの日は3月だというのに寒さが厳しく、空も泣いているかのように雪が降ってきたことを覚えています。電気もガスも水道も途絶えた夜、懐中電灯とろうそくだけの生活。街中から灯りが消え、見上げると、残酷にも美しい星空が広がっていました。きれいだと思う余裕はなく、ただ眺めながら父の無事を祈りました。

沿岸部で仕事をしていた父が家に帰ってきたのは10日が経った頃。私たち家族の無事を確認すると、荷物を車に積み、再び大津波の襲った沿岸部へと向かいました。職務を全うするために危険を顧みず向かう必死な父の姿が目に焼き付いています。父をサポートする母は、ありったけのお米を炊き、塩おにぎり100個を持たせ、父を送り出しました。

その後、命こそ無事で帰ってきたものの、身も心も疲れ果て、父は抜け殻のようになりました。そこからの2〜3年、いやそれ以上の年月を、母は一緒に苦しみながら懸命に耐えて、父をそして家族を支えました。母の強さと優しさ、家族で乗り越えてきたつらく長い日々、全てが私の胸にも刻まれています。だからこそ家族皆で笑って過ごせる時間や当たり前の日常、幸せをずっと大切にしていきたいなと思います。

私自身は内陸部にいたため、津波の直接の被害は受けていません。ただ、転居前の沿岸部にあった家には、津波で流されたさまざまな物が突っ込んでいたそうです。6年通った母校からも、多くの犠牲者が出ました。亡くなった同級生の名前を新聞で見つけてしまう度に受け止められず、胸が締め付けられる思いで涙があふれる毎日でした。

被災地で友達が過ごした地獄のような壮絶な日々、つらく悲しい苦しい記憶と体験。震災は多くの傷跡を残し、多くの犠牲者を出し、10年が経過した今も、癒えぬ傷に苦しんでいる人がたくさんおられます。目に見えない部分にも寄り添いながら、ゆっくりと、一歩ずつでも前へ進めますようにと祈るばかりです。

このお仕事をさせていただく中で、さまざまなことを考えつつも、日々言葉に乗せてお伝えできることは少ないです。良くも悪くも、記憶はゆっくりと薄れて、復興も進んできました。忘れたいつらい記憶もあるけれど、忘れてはいけないこの経験を、自分なりに言葉にして、自分ができることは何か、そして自分にしかできないことは何かを考え、防災や減災へとつなげていきたい。

必要としている人に、大切な情報が的確に届くように、そしていざというときに行動に移していただき、万事に備えるきっかけになればうれしく思います。

無理をしすぎず、ほどほどに

「今日も素敵な1日となりますように」
と、カフェの店員さんがカップにメッセージを添えてくださいました。なんてうれしいお気遣い！　言葉って魔法だなぁ。そのひとことで、なんともない日常に優しい風が吹き、心がポッと温かくなりました。

「素敵な1日を」「良い1日となりますように」
私も少しでも元気のお裾分けをできるよう、アプリ会員の皆さまに送る毎朝のおめざましメールには、必ずこういった言葉を添えています。

「無理をしすぎず」「ほどほどに」
という言葉も、私は好きですね。

私は、必要以上に考えすぎてしまうところがあり、あれこれ想像を膨らませて疲れてしまうことがあります。人と話していても、ここで私が発言して、誰かを傷つけないだろうか、いやな思いにならないだろうか、どう捉えられるかな……といった具合で、特に複数人での会話が私は苦手なんですよね（笑）。周りには弱いところを見せず、当たり障りのないことを言って、八方美人だと後ろ指をさされたこともあります。

もちろん、親友と呼べる友達にはあれやこれや頼ってきました。学生時代は、よくスクールカウンセラーの先生にお世話になりました。先生には自分の気持ちを素直に吐き出せたんですよね。そんな自分を変えようとした時期もありましたが、もともとの性格は、そう簡単に変えられるわけではありません。

これが自分なのだと肯定的に考えて、ほどよく物事と向き合うことにしました。やるべきこと考えるべきことには真剣に取り組み、少し脱力できるところは適度に力を抜く。歳を重ねるごとにメリハリの付け方が上手くなってきた気がします。

よく、短所は長所の裏返し、と言いますよね。きっと私の場合、考えすぎてしまう自分の性格は、想像力豊かに視野を広げられるのかな、とポジティブに置き換えています。

皆さんは日々がんばりすぎていませんか？　無理をしすぎないでくださいね。ご自身の強みを活かしながら、ほどほどに、がんばりましょう！

夢を恥ずかしがらない

26歳の私は、16歳のときと変わらず、ひっそりと自分の中だけで、未来を夢見て歩いています。温めすぎてどこかへ行ってしまった夢や目標もありました。

学生時代の私は、アナウンサーになりたいな、という淡い思いを抱いたものの、それはどこか恥ずかしく、「私なんて無理だよな……」「私がこんな期待を持って良いのだろうか」と自分の夢を堂々と公言できなかったんですね。そんなときに出会った言葉がありました。

「夢を恥ずかしがらない」

元女子サッカー日本代表、澤穂希《さわほまれ》さんの言葉です。チームを世界一に導いた澤さんの夢の持ち方は、とても堂々としてカッコ良く感じました。恥ずかしがっていては夢の実現どころか、その未来に一歩も近づかないじゃないか。まずは自分の中だけでも、やりたいことに対して胸を張っていこう、と思えたのでした。

ただ、就職活動でも臆病になり、根気強くがんばれなかったのと、単純に努力が足りなかったことで、周りが内定を決めていく中で私はまったく上手くいきませんでした。やっぱり自分には難しいのかなと、憧れていた職業・業界を変えて就活をやり直そうとあきらめかけていたときに、大学ＯＧの現役アナウンサーさんの講演を聞く機会がありました。

自然体な話し姿、困難を乗り越えるまでの道のり、そして何より楽しそうにお仕事をされているお話を聞き、自分の心のモヤモヤが溶けてゆく気がしました。がんばることから逃げようとしていた自分に対する悔しさ、情けなさ、いろいろな感情が巡り、涙を堪えながら聞いていたのを覚えています。その講演をきっかけに、自分も悔いを残さずやりたいことに向かっていこうと強い決意を持つことができました。

今、気象という分野で「伝える仕事」ができており、とても幸せです。あきらめかけようとしていた夢を後押ししてくださった素敵な先輩と、いつか、お仕事でご一緒できる日が来るでしょうか。もっともっとがんばります。

あの日見た満天の星空

学生時代、冬の夜は塾の帰りにオリオン座を探すのが楽しみでした。天文台へ行ったときには宇宙への憧れを漠然と抱いたっけなぁ。

忘れられない夜空で私の頭に浮かぶのは、震災のときの星空です。大停電が起きたあの日、駅も学校も住宅街も街中の全ての明かりが消えました。頭上には見たこともないような満天の星が広がり、それはまるで小さな宇宙のようで。きれいだとか、美しいだとか、そういう感情はまったく湧かず、ただただ眺めたことを覚えています。

空を見る余裕もなく命を守るために必死に生きた人々に、東北に、星空は力いっぱい明かりを届けたのだと思います。それは希望の光であると同時に、悲しみや怒りの光でもあり、重くまぶしくどこまでも照らしていました。

あの日の星空に刻まれた記憶が、ふと蘇ります。飲み込まれそうな夜空に輝く星や月を見ていると、自分なんてちっぽけだなぁと吹っ切れて、また歩き出せるときもあります。生きていることのありがたさ、と言ったら大袈裟かもしれませんが、今この一瞬を大切に生きていこうと改めて思うのです。

笑顔

おわりに

この本をお手に取ってくださった皆さま、日々温かく応援してくださる皆さま、いつも本当にありがとうございます。本を通して、少しでも身近に感じていただけたらと思い、素直に思いのまま言葉を綴らせていただきました。皆さまのひとときを前向きな気持ちにつなぐことができていたら、とてもうれしいです。

日々、全国から届く天気報告やウェザーリポートを通じて、同じ空でつながっているんだなぁ、と強く実感する毎日です。世界中を探しても二度と同じ色にはならない空……見上げて感じたことや些細な変化、人の想いをつなぐ先には、どんな未来が広がっているでしょう。これからも「空を結ぶ」架け橋となり、その輪を広げていければと思います。

私は自分の世界で満足してしまうタイプなので、自らのことを進んで発信することは苦手でした。そんな中でいざ文字に書き起こしてみると自己表現も楽しくて、こうして一冊の本の完成が近づいている今、過去から現在までを紐解く作業にじっくり取り組めたことに、改めて感謝の気持ちがあふれます。ありのままを大切にできてこそ未来が開け、自分の在り方が見えてくるのかもしれません。私はようやく、そのスタートラインに立てているような気がします。

撮影では、初めての釣りや、久しぶりの海辺でのキャッチボール（果たして私はキャッチできていたでしょうか）、幻想的な夕暮れどきの花火にカメラ散歩など、アウトドアも思いっきり楽しみました。剣道の防具をつけるのは約10年ぶりのことで、懐かしいにおいからタイムスリップしたような感覚でした。写真を見ているだけで、ぎゅっと濃密だった撮影の旅を、もう懐かしく感じてしまいます。さまざまなシーンの空気感も一緒に楽しんでいただけたらうれしいです。

出版のご提案をいただき、挑戦する機会をくださったワニブックスの小島さん、ヘアメイクの昕さん、スタイリストの木村さん、自分でも気づかない表情をたくさん引き出してくださったカメラマンの藤本さん、言葉にできない想いを丁寧に拾い上げアドバイスを下さった後藤さん、皆さまからたくさんのお力添えをいただいたこと、大変感謝しております。ありがとうございました。そして、常にアドバイスをくださり背中を押してくださったプロデューサーの村田さん、福嶋さん、いつも支えてくださる全てのスタッフの皆さんに、心より深く感謝申し上げます。

最後に、大きな愛でそっと見守ってくれる家族へ、いつもありがとう。

皆さまの明日が、優しく、穏やかでありますように。

駒木結衣

駒木結衣ファーストフォトエッセイ

空を結ぶ

著者　駒木結衣
2023年2月10日　初版発行
2023年3月20日　2版発行

装丁	小川順子、山﨑健太郎（NO DESIGN）
撮影	藤本和典
ヘアメイク	哘 絵美子
スタイリング	木村美希子
ロケーション	銀林 章（510 LOCATION SERVICE）
構成	後藤亮平（BLOCKBUSTER）
校正	東京出版サービスセンター
プリンティングディレクター	井上 優
協力	村田泰謁（株式会社ウェザーニューズ）
編集	小島一平（ワニブックス）

発行者　横内正昭
編集人　岩尾雅彦
発行所　株式会社ワニブックス
〒150-8482 東京都渋谷区恵比寿4-4-9 えびす大黒ビル
電話　03-5449-2711（代表）03-5449-2716（編集部）

ワニブックスHP　http://www.wani.co.jp/
WANI BOOKOUT　http://www.wanibookout.com/
WANI BOOKS NewsCrunch　https://wanibooks-newscrunch.com/

印刷所　凸版印刷株式会社
DTP　NO DESIGN
製本所　ナショナル製本

ISBN 978-4-8470-7264-2

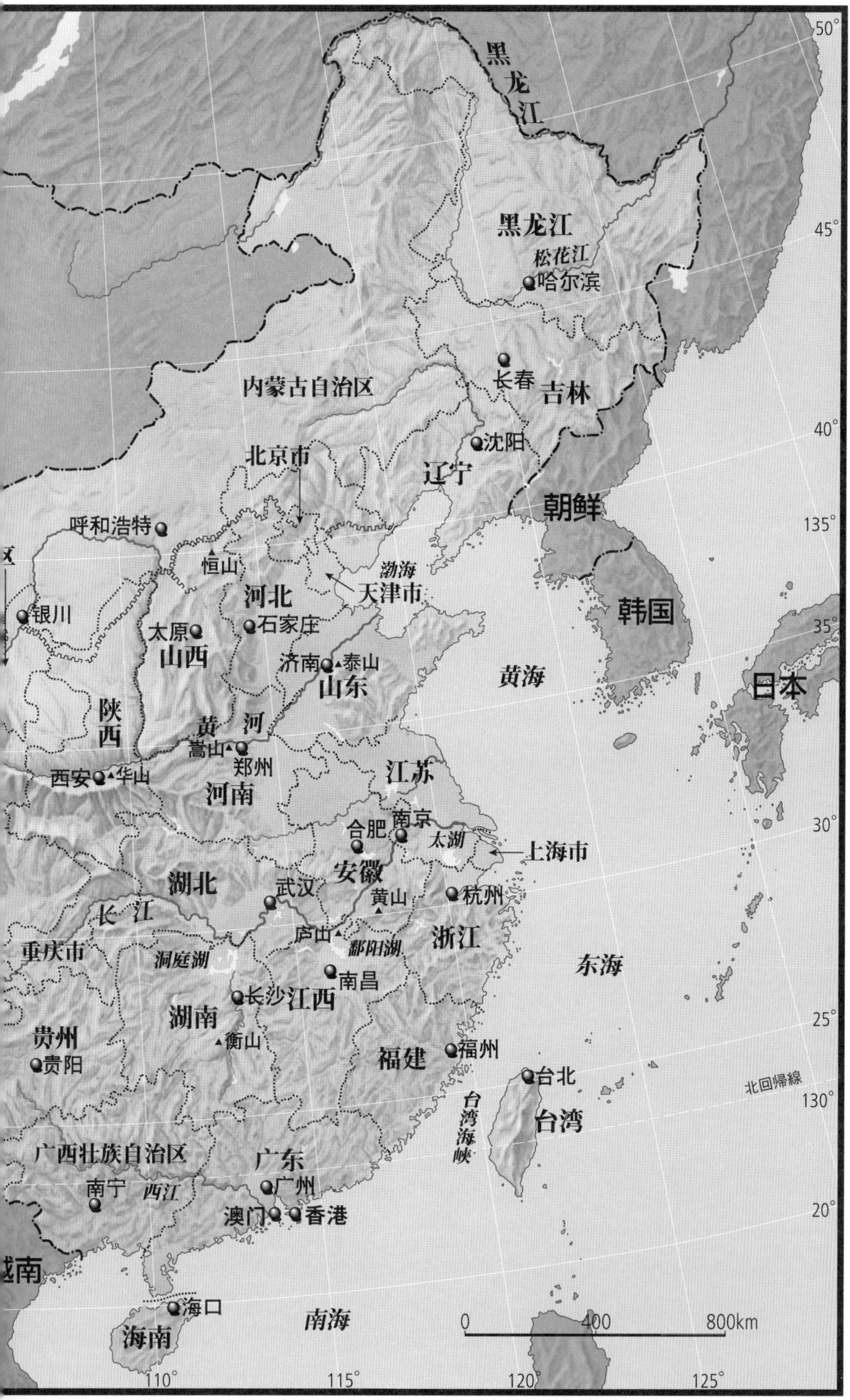

黒龙江
黒龙江
松花江
哈尔滨
内蒙古自治区
长春
吉林
沈阳
北京市
辽宁
朝鲜
呼和浩特
恒山
渤海
天津市
河北
银川
太原
石家庄
韩国
山西
济南
泰山
山东
黄海
日本
陕西
黄
河
嵩山
郑州
西安
华山
江苏
河南
合肥
南京
太湖
上海市
安徽
湖北
武汉
黄山
杭州
长
江
庐山
鄱阳湖
浙江
重庆市
洞庭湖
东海
南昌
长沙
江西
湖南
贵州
衡山
福州
贵阳
福建
台北
北回帰線
台湾海峡
台湾
广西壮族自治区
广东
广州
南宁
西江
澳门
香港
越南
海口
海南
南海
0
400
800km
50°
45°
40°
135°
35°
30°
25°
130°
20°
110°
115°
120°
125°